Alfred **JARRY**

UBU ROI

COLLECTION LITTÉRATURE

Sous la direction de Marc Rochette

Alfred **JARRY**

UBU ROI

Texte intégral

Présentation

Stéphane X. Amyot

Cégep Marie-Victorin

ÉDITIONS DU RENOUVEAU PÉDAGOGIQUE INC.

5757, RUE CYPIHOT, SAINT-LAURENT (QUÉBEC) H4S 1R3

TÉLÉPHONE : (514) 334-2690 TÉLÉCOPIEUR : (514) 334-4720

erpidlm@erpi.com www.erpi.com

Développement de produits
Pierre Desautels

Supervision éditoriale
Jacqueline Leroux

Révision linguistique
Claire St-Onge

Correction d'épreuves
Nathalie Bouchard

Direction artistique
Hélène Cousineau

Coordination de la production
Muriel Normand

Conception graphique
Martin Tremblay

Édition électronique
Infographie DN

Photographie de la couverture
Bettmann/CORBIS

Pour la protection des forêts, cet ouvrage a été imprimé sur du papier recyclé 100 % postconsommation, traité sans chlore.

100 %

ANCIENT FOREST FRIENDLY

Dépôt légal:
Bibliothèque et Archives nationales du Québec, 2007
Bibliothèque nationale et Archives Canada, 2007
Imprimé au Canada

ISBN 10 : 2-7613-2295-9
ISBN 13 : 978-2-7613-2295-9

1234567890 IG 09876
20431 ABCD ECO-12

Table des matières

Ubu roi ou la vérité de l'absolu

SCÈNE 1 : SPECTATEUR, LECTEUR.

*Quelques jours après avoir assisté à une représentation d'*Ubu roi *d'Alfred Jarry à Montréal, un spectateur rencontre un lecteur.*

SPECTATEUR. — Quoi qu'en disent ses opposants, le Père Ubu a eu, a et aura toujours raison !

LECTEUR. — Cornegidouille ! Voilà une affirmation bien audacieuse !

SPECTATEUR. — Elle n'en est pas moins vraie, Lecteur ! Il aura toujours raison pour la simple et unique raison qu'il ne peut pas avoir tort ! Cette lapalissade pourrait sembler discutable, si on ne tenait pas compte de l'évolution du pouvoir monarchique en France.

LECTEUR. — Que voulez-vous dire ? Le Père Ubu lié aux rois de France ? L'action de la pièce se déroule en Pologne !

SPECTATEUR. — Depuis le Moyen Âge, les rois de France ont reçu leurs pouvoirs directement de Dieu, puisqu'ils ont été sacrés par le pape. Le pouvoir royal s'est transmis ainsi par le sang, du roi à son fils. En tant que roi, le Père Ubu est comme tous les rois et ne peut pas se tromper. Évidemment, ce raisonnement n'a plus la même vérité si on examine le comportement et les actions du Père Ubu du point de vue du peuple qu'il opprime…

LECTEUR. — Tout à fait ! De plus, il a usurpé ce pouvoir royal ! C'est un imposteur !

Spectateur. — Il a tout de même encore raison !

Lecteur. — Mais... comment un tel raisonnement est-il possible ?

Spectateur. — Le Père Ubu a raison, car son créateur, Alfred Jarry, a eu raison de le créer...

Lecteur. — « Cornebleu, jambedieu, tête de vache ![1] » Par ce syllogisme, vous vous moquez des lecteurs !

Spectateur. — Absolument pas ! C'est d'ailleurs parce que le Père Ubu a raison qu'il continue à prendre vie. Son discours est encore très actuel, car nous en retrouvons des reflets dans plusieurs sociétés où les peuples sont manipulés par des instances politiques qui ne défendent pas toujours l'intérêt général. Le Père Ubu est un tyran dont le discours demeure justifié, et ce, plus de 100 ans après sa « venue au monde ». Il a donc – malheureusement – encore raison d'exister parce que, comme le dit le proverbe, la vérité est dans l'œil de celui qui regarde. Et les yeux d'Ubu ne voient que ce qu'il veut bien qu'ils voient. Ce qui ne signifie pas que cette vérité puisse être acceptée par tous. Il devient alors d'autant plus important de lire un discours comme celui du Père Ubu, de façon à le remettre en question. La pièce de Jarry a d'ailleurs été très contestée lors de sa création, en 1896, tout en étant célébrée par plusieurs comme un coup de génie. On peut donc affirmer que LE ROI N'EST PAS MORT ! VIVE LE ROI UBU !

---

1. Voir p. 44.

Avant-propos

L'avènement d'*Ubu roi* et le tournant d'un siècle

Alfred Jarry naît en 1873, aux lendemains de l'avènement de la IIIe République, dans une période très mouvementée de l'histoire de la France. Entre la Révolution de 1789 et cette république, les Français ont été gouvernés successivement par une monarchie constitutionnelle, qui a fait place à la Première République, puis au Consulat, au Premier Empire, à la Restauration de la monarchie, à la Monarchie de Juillet, à la IIe République et, enfin, au Second Empire, qui a pris fin en même temps que la guerre franco-prussienne. Tous ces changements ont évidemment une influence importante sur l'évolution de la société française, et l'instabilité qui en résulte fait naître dans la population un sentiment généralisé de désillusion à l'égard des instances politiques.

Lorsque Jarry vient au monde, la France sort à peine d'une guerre qui l'a affaiblie politiquement. Cependant, la Révolution industrielle, amorcée au début du siècle avec l'invention de la machine à vapeur, va de l'avant et les progrès technologiques sont importants. De plus, en 1853, Paris entreprend d'importants travaux de modernisation de ses infrastructures, sous la supervision du baron Georges Eugène Haussmann. Grâce à lui, la capitale française voit son visage se transformer radicalement. Haussmann fait aménager, entre autres, de larges avenues pour faciliter les déplacements, des réservoirs d'eau pour approvisionner la population et de nombreux jardins qui embelliront la ville. Paris devient une cité moderne.

Il n'y a pas que Paris qui change. Tant en Europe qu'en Amérique, le progrès technologique fait des pas de géant. Ainsi, avant sa mort, Jarry sera témoin de nombreuses innovations qui changeront à jamais la perception des gens.

Dans le dernier tiers du XIXe siècle, c'est une véritable révolution qui emporte l'être humain, notamment avec la construction des premiers barrages hydroélectriques ; l'invention de la dynamite (Alfred Nobel, 1866), du téléphone (Alexander Graham-Bell, 1876) et du phonographe (Thomas Edison, 1877) ; l'apparition de l'éclairage électrique à Paris et du tramway électrique en Allemagne ; la mise au point de la mitrailleuse ou du premier moteur d'automobile à essence (1887) ; l'achèvement de la tour Eiffel (1889) ; la découverte du cinématographe (les frères Lumière, 1894) ; les balbutiements de l'aviation ; ou encore l'élaboration de la théorie de la relativité restreinte (Einstein, 1905). La société se développe à une vitesse impressionnante et la mesure du temps n'apparaît plus comme un enjeu aussi important qu'auparavant.

En 1894, trois ans avant la publication et la présentation d'*Ubu roi*, éclate l'affaire Dreyfus, qui va secouer toute la France. Le général français d'origine juive Alfred Dreyfus est accusé d'avoir vendu des renseignements militaires aux Allemands et il est déporté à vie. Dans les années qui suivent, le débat entourant ce scandale devient public et deux clans se forment : les dreyfusards et les antidreyfusards. Les premiers accusent le gouvernement d'antisémitisme et de fabrication de preuves pour protéger l'armée, symbole de la puissance de l'État, alors que les seconds tiennent par-dessus tout à défendre l'intégrité de l'armée et de l'État. Des intellectuels s'impliquent dans le débat, dont l'écrivain Émile Zola, qui publie en 1898, dans le journal *L'Aurore,* un violent réquisitoire contre l'état-major de l'armée : « J'accuse ». L'article de Zola marque un tournant dans ce conflit. Finalement, en 1899, le général Dreyfus est blanchi de toutes les accusations portées contre lui et il est réhabilité complètement en 1906. Cependant, cette affaire laisse des traces profondes dans la société de l'époque. Ainsi, on assiste à la naissance de deux clans politiques bien définis – la droite et la gauche –, au retour de l'écrivain comme figure intellectuelle engagée socialement et politiquement (ce que la France n'avait pas vu depuis le romantisme) et, surtout, à la séparation de l'Église et de l'État, qui est promulguée par une loi en 1905.

Ces événements marquants ne seront pas évoqués directement dans l'œuvre de Jarry. De plus, contrairement à Zola, Jarry n'a pas pris position dans le conflit. Cependant, il n'est pas exagéré de voir, dans sa pièce *Ubu roi*, une critique du pouvoir militaire et politique. Cette œuvre est résolument moderne, dans la mesure où elle marque, de façon fantaisiste et imagée, la littérature et la société par sa contestation du pouvoir et de la raison bien pensante.

La genèse d'*Ubu roi*

Le personnage du Père Ubu est né en plusieurs temps, pour ne pas dire en plusieurs actes. Il est le résultat d'une démarche d'écriture collective amorcée en 1888, à l'époque où Alfred Jarry, alors âgé de quinze ans, fait son entrée au lycée de Rennes. Le futur créateur du Père Ubu y rencontre les frères Henri et Charles Morin. Ce dernier a écrit plusieurs sketches ou courtes pièces de théâtre, dont *Les Polonais*, caricature de leur professeur de physique de l'époque, le Père Hébert. Cette pièce contient déjà en germe ce qui deviendra *Ubu roi*. Elle connaîtra plusieurs versions au cours des années et verra le Père Hébert devenir successivement le Père Hébé, Ébé, Ébance et le P.H.

Le personnage du Père Ubu apparaît pour la première fois en 1893, dans le journal *L'Écho de Paris*, où Jarry publie un texte intitulé « Guignol », qui est en fait une version remaniée de la pièce des frères Morin. Deux ans plus tard, *César-Antéchrist*, pièce dans laquelle les principaux personnages d'*Ubu roi* sont déjà présents, est publiée dans le *Mercure de France*.

À cette époque, Jarry fréquente les cercles littéraires symbolistes de Paris, où il habite depuis 1891. Il y fait plusieurs rencontres déterminantes, dont celles de Stéphane Mallarmé et d'Aurélien Lugné-Poe. Le premier, devenu chef de file des poètes symbolistes, anime chez lui des soirées littéraires, alors que le second est l'animateur du Théâtre de l'Œuvre, « la » scène théâtrale symboliste de l'époque. Car, s'il est encore juste de voir dans *Ubu roi* un texte précurseur du surréalisme, il demeure que cette œuvre a d'abord participé au développement du symbolisme.

L'année 1896 est déterminante dans le parcours de Jarry, alors qu'on assiste aux premières représentations d'*Ubu roi*, sur la scène du Théâtre de l'Œuvre. Jarry est déjà un auteur connu et sa pièce est très attendue. Elle a été éditée deux fois, soit dans le *Livre d'Art* et dans le *Mercure de France*. Sa première représentation, donnée le 10 décembre 1896, fait scandale et n'est pas sans rappeler la première d'*Hernani*, de Victor Hugo, en 1830. Dans les deux cas, partisans et opposants ont pris plus de place que la pièce elle-même !

Conscient du caractère provocateur de son œuvre, Alfred Jarry envoie, en janvier 1896, une lettre à Lugné-Poe dans laquelle il lui expose quelques éléments de mise en scène. Rejetant l'esthétique réaliste, il souhaite qu'*Ubu roi* soit présenté comme un amusement qui rappelle le théâtre de marionnettes de son « Guignol ». Son objectif est de repenser le théâtre en fonction de ce qui en porte le sens, soit le langage. Ainsi, Jarry suggère que le personnage principal, Ubu, soit orné d'un masque ; que son cheval soit simplement une tête en carton pendue au cou du personnage ; que les décors et les costumes soient minimalistes pour souligner la modernité de la satire et son caractère perpétuel ; que le personnage principal ait un accent particulier qui le distingue des autres ; et, enfin, que les foules de personnages soient réduites à un seul individu parlant pour tous les autres. Jarry propose également l'utilisation de mannequins, pour ne pas « gêner l'intelligence[1] » du spectateur ; il fait d'ailleurs livrer

1. Henri BÉHAR. « Les clés de l'œuvre », *Ubu roi*, Paris, Pockett, « Pockett Classiques », 2000, p. 208.

40 mannequins en osier, grandeur nature, à Lugné-Poe, ce qui occasionnera à ce dernier quelques problèmes d'entreposage... Jarry voulait insister davantage sur la symbolique que représente le Père Ubu : la folie des hommes dans leur quête absolue du pouvoir !

Cependant, Jarry ne se limite pas à des indications scéniques pour préparer l'arrivée d'*Ubu roi* sur la scène de l'Œuvre. En septembre 1896, il publie, dans le *Mercure de France,* un texte intitulé « De l'inutilité du théâtre au théâtre » dans lequel il poursuit ce qu'il serait convenu d'appeler la révolution symboliste au théâtre, amorcée quelques années plus tôt avec la publication d'un article provocateur de Paul Quillard, intitulé « De l'inutilité absolue de la mise en scène exacte ». Dans ces lettres, Jarry et Quillard insistent sur ce qu'ils appellent l'inanité du théâtre de l'époque, trop influencé par le naturalisme, courant littéraire et idéologique très en vogue. Selon eux, le naturalisme est contraire au théâtre, qui doit d'abord être créé par la parole, par le langage. Ce dernier doit refléter l'inconscient et la nature instinctive de l'être humain, et doit être mis en valeur, même si c'est au détriment du réalisme de l'action. Paul Quillard affirme qu'une « forme d'art où le poète [...] requiert seulement la parole et la voix humaine, ne laisse pas de place à la tricherie ; l'œuvre se montre toute nue, vierge de maquillage, et décèle aussitôt sa beauté native ou sa tare originelle, honnêteté peut-être insolente, mais qui ne va pas sans péril[1] ». Voilà une part importante de l'originalité d'*Ubu roi* : Jarry sait que sa pièce sera contestée mais il persiste à la présenter, car c'est un texte sans concessions qui, par sa violence et son absurdité, force le lecteur ou le spectateur à se remettre en question. Ce qui lui est présenté est trop absurde pour être accepté, mais l'horreur ubuesque demeure une idée universelle et encore actuelle.

---

1. Paul QUILLARD. « De l'inutilité absolue de la mise en scène exacte », *Ubu roi*, Paris, Pockett, « Pockett Classiques », 2000, p. 230.

Quillard et Jarry proposent donc une révolution en simplifiant ce qui entoure le théâtre pour le ramener à sa nature profonde, soit le texte. Cependant, il serait inexact de dire qu'*Ubu roi* de Jarry n'est que symboliste. Si elle peut être interprétée comme telle, la pièce doit surtout être perçue comme une œuvre originale et avant-gardiste, qui annonce, à la fin du XIXe siècle, l'avènement du surréalisme littéraire et la modernité du nouveau siècle.

Le père de la pataphysique

Spectateur. — Le Père Ubu a eu, a et aura toujours raison !

Lecteur. — Ah ! Non, vous n'allez pas recommencer !

Spectateur. — Mais si ! Ubu a raison, car il est un personnage d'exception dans une œuvre d'exception, qui marquera de façon déterminante le parcours de Jarry. D'ailleurs, on le retrouvera dans diverses aventures, soit *Ubu cocu*, *Ubu enchaîné* et *Ubu sur la Butte*. Cependant, au-delà de ces pièces, il traverse l'œuvre de Jarry comme un spectre incontournable. Dans *Ubu cocu*, il est même présenté comme docteur en pataphysique, qui est, de son aveu même, « une science [qu'il a] inventée et dont le besoin se faisait généralement sentir[1] ». Par ailleurs, si elle fait quelques apparitions dans les aventures d'Ubu, la pataphysique est davantage exposée dans une autre œuvre importante de Jarry, soit les *Gestes et opinions du docteur Faustroll, pataphysicien*, rédigée en 1897 mais publiée en 1911, quatre ans après le décès de Jarry.

Qu'est exactement la pataphysique ? Le docteur Faustroll la définit ainsi : « La pataphysique est la science des solutions imaginaires, qui accorde symboliquement aux linéaments les

1. Alfred JARRY. « Ubu cocu », *Ubu*, Paris, Gallimard, « Folio », 1978 (1931), p. 137.

propriétés des objets décrits par leur virtualité.[1] » Cette définition, d'une déconcertante clarté, porte en elle toutes les lumières d'Ubu. Voilà qui n'est pas beaucoup plus éclairant. Selon le docteur Faustroll, la pataphysique est la science des exceptions, celle qui permet à toute chose ou à tout phénomène d'exister. Elle précéderait même l'existence du Père Ubu, justifierait son excentricité et excuserait ses excès. Le Père Ubu n'est qu'un phénomène issu de la pataphysique. Cette science imaginaire, révélée par Jarry, devient le cadre de référence principal dans l'œuvre absolument déjantée qu'il a imaginée. Ainsi, « increéee, la pataphysique n'a pas eu de commencement, et n'aura pas de fin[2] ».

La pataphysique, dans son atemporalité, a une existence bien établie et réglementée par un certain nombre d'articles. Les membres du Collège, suivant leur rang, veillent à ce que la pensée de Faustroll soit justement répandue de par le monde. Ces membres sont eux-mêmes encadrés par le Collège de pataphysique, fondé en 1948, cinquante ans après la publication du *Faustroll*. Ses statuts sont définis par une hiérarchie bien précise, au sommet de laquelle règne Faustroll lui-même ! Les activités du Collège s'inscrivent dans un calendrier pataphysique, dont les mois sont des mots, des concepts ou des réalités qu'on retrouve dispersés dans les œuvres de Jarry. Ainsi, les termes « décervelage », « guidouille », « merdre » et « palotin », présents dans *Ubu roi*, sont tous des mois du Calendrier Pataphysique Perpétuel. Sous des apparences farfelues, la pataphysique se veut une science précise, qui régit toute existence avant même qu'elle se manifeste. Elle s'inscrit donc parfaitement dans la logique ubuesque. Et le Père Ubu, comme manifestation pataphysique, éclairait le monde avant même sa création !

---

1. Alfred, JARRY. *Gestes et opinions du docteur Faustroll, pataphysicien*, Paris, Gallimard, « NRF », 1980 (1911), p. 32.
2. Michel ARRIVÉ. « Les origines jarryques de la pataphysique », *Magazine littéraire*, nº 388 (juin 2000), p. 29.

Les vérités pataphysiques d'Ubu

Dans l'univers pataphysique, tout devient possible, même l'absence de sens. Cette hypothèse, en apparence contestable, est liée à ce qu'il y a de plus fondamental dans l'œuvre de Jarry, son thème pataphysique par excellence : le langage. En effet, tout part du langage, qui crée le sens de l'histoire, mais qui sous-tend aussi l'absence de logique, surtout apparente chez le Père Ubu. Dans la pièce, le langage est remis en question comme système logique, dans la mesure où un personnage peut décider de l'utiliser comme bon lui semble, car il précède toute réalité. Le premier exemple de cette puissance du langage se trouve au tout début de la pièce, dans le mot « merdre », constamment utilisé par le Père Ubu, et pas nécessairement pour désigner la même idée ni la même réalité. Ainsi, le mot peut représenter un patois, un assaisonnement alimentaire, une insulte, un signal militaire, un type d'armes, enfin toute réalité digne de la reconnaissance du Père Ubu. Ces déplacements dans le langage s'effectuent tout au long de la pièce, sur plusieurs des mots ou expressions qu'emploient les personnages, par exemple « phynance », « jarnicotonbleu », « bouzine », « boudouille », « se brosser le ventre », « sabre à finances », « pince-porc », « décervelage », « guidouille », « corneguidouille », « salopins », « jambedieu » et à combien d'autres ! Jarry expose ainsi la puissance des mots, si chère aux poètes symbolistes. En effet, dans le symbolisme, le langage devient un matériau aux possibilités infinies qui ne révèle pas toujours le sens du texte. Le lecteur est ainsi mis en présence de la plus grande réalité pataphysique, soit le pouvoir de l'imagination. Tout est possible dans l'univers d'Ubu, puisque le langage n'est plus une limite, mais la porte d'accès à une nouvelle vérité.

À l'intérieur du langage, Jarry expose une autre vérité importante, soit l'absurdité du personnage d'Ubu et de son univers. Toute la pièce repose sur une pensée qui ne s'appuie pas sur la logique : les lieux aux dimensions extensibles, le temps réduit par la rapidité du mouvement, la violence et la résistance des personnages à cette violence et, enfin, les liens entre la réalité et le rêve. Cette absence de réalisme s'inscrit elle aussi dans l'univers pataphysique, puisque c'est l'imaginaire ubuesque qui devient la réalité dans la pièce. Les personnages peuvent donc se permettre tous les écarts. Malgré les fautes qu'il a commises, le Père Ubu, figure emblématique du tyran, quitte la scène en chantant sans avoir été puni, avec sa femme, qu'il avait pourtant condamnée quelques instants plus tôt. La pièce *Ubu roi* est résolument moderne, et même cynique, puisqu'elle se termine dans la joie la plus naïve.

Ainsi, tous les écarts à la morale qui se trouvent rassemblés dans cette pièce – l'abus de pouvoir, la violence, le caractère scabreux des personnages et de l'histoire, la vulgarité du langage, la présence d'éléments surnaturels –, tout cela nous rappelle l'absolue extravagance de l'univers d'*Ubu*, qui demeure sans aucun doute l'œuvre la plus importante d'Alfred Jarry.

Le personnage est – heureusement – éternel par sa modernité, et chacune de ses apparitions sur les scènes théâtrales l'inscrit davantage dans notre culture littéraire. Cependant, le Père Ubu est aussi – malheureusement – éternel puisque, encore aujourd'hui, nous le retrouvons trop souvent réincarné en chef d'État, un peu partout dans le monde. Comme le soulignait Jarry lui-même dans le programme de présentation de sa pièce, en décembre 1896 : « M. Ubu est un être ignoble, ce pourquoi il nous ressemble (par en bas) à tous.[1] » Voilà pourquoi, Lecteur, il aura toujours raison !

LECTEUR. — Hourra, cornes-au-cul, vive le Père Ubu ![2] »

---

1. Alfred JARRY. « Présentation », *Ubu roi*, Paris, Pockett, « Pockett classiques », 2000, p. 200.
2. Voir p. 70.

UBU ROI

Ce drame est dédié à MARCEL SCHWOB[1]

Adonc le père Ubu hoscha la poire, dont fut depuis nommé par les Anglois Shakespeare, et avez de lui sous ce nom maintes belles tragœdies par escript[2].

Ubu roi *a été représenté au Théâtre de l'Œuvre (10 décembre 1896), avec le concours de M*mes Louise France *(Mère Ubu) et* Irma Perrot *(la Reine Rosemonde) ; de MM.* Gémier *(Père Ubu),* Dujeu *(le Roi Venceslas),* Nolot *(le Czar),* G. Flandre *(Capitaine Bordure),* Buteaux, Charley, Séverin-Mars, Lugné-Poe, Verse, Dally, Ducaté, Carpentier, Michelez, *etc. – aux Pantins (janvier-février 1898)*[3].

1. Marcel Schwob : écrivain français (1867-1905) que Jarry considérait comme un ami et qui traduisit, entre autres écrivains, William Shakespeare et Robert Louis Stevenson.
2. Vérité ubuesque rédigée dans un style qui s'apparente au moyen français et que Jarry nous permettrait d'actualiser ainsi : « À ce moment-là, le Père Ubu hocha la tête, fut ensuite nommé Shakespeare par les Anglais, et vous avez de lui sous ce nom maintes belles tragédies par écrit. »
3. Cette indication est évidemment absente de l'édition originale de l'œuvre, parue en juin 1896, soit quelques mois avant la première représentation.

Personnages

PÈRE UBU
MÈRE UBU
CAPITAINE BORDURE
LE ROI VENCESLAS
LA REINE ROSEMONDE
BOLESLAS, LADISLAS, BOUGRELAS : LEURS FILS
LES OMBRES DES ANCÊTRES
LE GÉNÉRAL LASCY
STANISLAS LECZINSKI
JEAN SOBIESKI
NICOLAS RENSKY
L'EMPEREUR ALEXIS
GIRON, PILE, COTICE : PALOTINS[1]
CONJURÉS ET SOLDATS
PEUPLE
MICHEL FÉDÉROVITCH
NOBLES
MAGISTRATS
CONSEILLERS
FINANCIERS
LARBINS DE PHYNANCES[2]
PAYSANS
TOUTE L'ARMÉE RUSSE
TOUTE L'ARMÉE POLONAISE
LES GARDES DE LA MÈRE UBU
UN CAPITAINE
L'OURS
LE CHEVAL À PHYNANCES
LA MACHINE À DÉCERVELER
L'ÉQUIPAGE
LE COMMANDANT

---

1. *Palotin*: serviteur dévoué au supplice du pal, qui consiste à enfoncer un pieu par le fondement dans le corps du condamné. Le palotin est aussi le neuvième mois du Calendrier Pataphysique perpétuel.
2. Écart langagier propre à l'esthétique ubuesque. Jarry a volontairement réécrit plusieurs mots afin de contester la plus grande des conventions littéraires, soit le langage.

ACTE I

SCÈNE 1 : PÈRE UBU, MÈRE UBU.

PÈRE UBU. — Merdre[1] !

MÈRE UBU. — Oh ! voilà du joli, Père Ubu, vous estes[2] un fort grand voyou.

PÈRE UBU. — Que ne vous assom'je[3], Mère Ubu !

MÈRE UBU. — Ce n'est pas moi, Père Ubu, c'est un autre qu'il faudrait assassiner.

PÈRE UBU. — De par ma chandelle verte[4], je ne comprends pas.

MÈRE UBU. — Comment, Père Ubu, vous estes content de votre sort ?

PÈRE UBU. — De par ma chandelle verte, merdre, madame, certes oui, je suis content. On le serait à moins : capitaine de dragons[5], officier de confiance du roi Venceslas, décoré de l'ordre de l'Aigle Rouge[6] de Pologne et ancien roi d'Aragon[7], que voulez-vous de mieux ?

---

1. *Merdre* : exclamation ubuesque qui est le « mot de passe » du Père Ubu. C'est aussi le dixième mois du Calendrier Pataphysique perpétuel.
2. *Estes* : la forme verbale « êtes » dans une forme ancienne du français.
3. *Que ne vous assom'je* : « que je ne vous assomme ! » dans une forme ancienne du français.
4. *De par ma chandelle verte* : exclamation ubuesque.
5. *Capitaine de dragons* : soldats de cavalerie.
6. *Ordre de l'Aigle Rouge* : référence possible au grade de Chevalier de l'Aigle Rouge, chez les Francs-Maçons.
7. *Aragon* : province de l'Espagne.

Mère Ubu. — Comment ! Après avoir été roi d'Aragon vous vous contentez de mener aux revues une cinquantaine d'estafiers[1] armés de coupe-choux, quand vous pourriez faire succéder sur votre fiole[2] la couronne de Pologne à celle d'Aragon ?

Père Ubu. — Ah ! Mère Ubu, je ne comprends rien de ce que tu dis.

Mère Ubu. — Tu es si bête !

Père Ubu. — De par ma chandelle verte, le roi Venceslas est encore bien vivant ; et même en admettant qu'il meure, n'a-t-il pas des légions d'enfants ?

Mère Ubu. — Qui t'empêche de massacrer toute la famille et de te mettre à leur place ?

Père Ubu. — Ah ! Mère Ubu, vous me faites injure et vous allez passer tout à l'heure par la casserole.

Mère Ubu. — Eh ! pauvre malheureux, si je passais par la casserole, qui te raccommoderait tes fonds de culotte ?

Père Ubu. — Eh vraiment ! et puis après ? N'ai-je pas un cul comme les autres ?

Mère Ubu. — À ta place, ce cul, je voudrais l'installer sur un trône. Tu pourrais augmenter indéfiniment tes richesses, manger fort souvent de l'andouille[3] et rouler carrosse par les rues.

Père Ubu. — Si j'étais roi, je me ferais construire une grande capeline[4] comme celle que j'avais en Aragon et que ces gredins d'Espagnols m'ont impudemment volée.

---

1. *Estafiers* : valais armés qui portaient le manteau et les armes de leur maître ; ils lui tenaient l'étrier pour monter à cheval.
2. *Fiole* : désignation familière de la tête.
3. *Andouille* : charcuterie à base de boyaux de porc ou de veau.
4. *Capeline* : grand chapeau féminin, que Jarry présente ici comme une sorte de cape.

Mère Ubu. — Tu pourrais aussi te procurer un parapluie et un grand caban[1] qui te tomberait sur les talons.

Père Ubu. — Ah! je cède à la tentation. Bougre de merdre, merdre de bougre, si jamais je le rencontre au coin d'un bois, il passera un mauvais quart d'heure.

Mère Ubu. — Ah! bien, Père Ubu, te voilà devenu un véritable homme.

Père Ubu. — Oh non! moi, capitaine de dragons, massacrer le roi de Pologne! plutôt mourir!

Mère Ubu, *à part.* — Oh! merdre! (*haut*) Ainsi, tu vas rester gueux comme un rat, Père Ubu?

Père Ubu. — Ventrebleu, de par ma chandelle verte, j'aime mieux être gueux comme un maigre et brave rat que riche comme un méchant et gras chat.

Mère Ubu. — Et la capeline? et le parapluie? et le grand caban?

Père Ubu. — Eh bien, après, Mère Ubu?

Il s'en va en claquant la porte.

Mère Ubu, *seule.* — Vrout, merdre, il a été dur à la détente, mais vrout, merdre, je crois pourtant l'avoir ébranlé. Grâce à Dieu et à moi-même, peut-être dans huit jours serai-je reine de Pologne.

---

1. *Caban*: manteau en laine porté à l'origine par les marins.

SCÈNE 2 : Père Ubu, Mère Ubu.

La scène représente une chambre de la maison du Père Ubu où une table splendide est dressée.

Mère Ubu. — Eh ! nos invités sont bien en retard.

Père Ubu. — Oui, de par ma chandelle verte. Je crève de faim. Mère Ubu, tu es bien laide aujourd'hui. Est-ce parce que nous avons du monde ?

Mère Ubu, *haussant les épaules.* — Merdre.

Père Ubu, *saisissant un poulet rôti.* — Tiens, j'ai faim. Je vais mordre dans cet oiseau. C'est un poulet, je crois. Il n'est pas mauvais.

Mère Ubu. — Que fais-tu, malheureux ? Que mangeront nos invités ?

Père Ubu. — Ils en auront encore bien assez. Je ne toucherai plus à rien. Mère Ubu, va donc voir à la fenêtre si nos invités arrivent.

Mère Ubu, *y allant.* — Je ne vois rien.

Pendant ce temps, le Père Ubu dérobe une rouelle de veau.

Mère Ubu. — Ah ! voilà le capitaine Bordure et ses partisans qui arrivent. Que manges-tu donc, Père Ubu ?

Père Ubu. — Rien, un peu de veau.

Mère Ubu. — Ah ! le veau ! le veau ! veau ! Il a mangé le veau ! Au secours !

Père Ubu. — De par ma chandelle verte, je te vais arracher les yeux.

La porte s'ouvre.

SCÈNE 3 : PÈRE UBU, MÈRE UBU, CAPITAINE BORDURE ET SES PARTISANS.

MÈRE UBU. — Bonjour, messieurs, nous vous attendons avec impatience. Asseyez-vous.

CAPITAINE BORDURE. — Bonjour, madame. Mais où est donc le Père Ubu ?

PÈRE UBU. — Me voilà ! me voilà ! Sapristi, de par ma chandelle verte, je suis pourtant assez gros.

CAPITAINE BORDURE. — Bonjour, Père Ubu. Asseyez-vous, mes hommes.

Ils s'asseyent tous.

PÈRE UBU. — Ouf, un peu plus, j'enfonçais ma chaise.

CAPITAINE BORDURE. — Eh ! Mère Ubu ! que nous donnez-vous de bon aujourd'hui ?

MÈRE UBU. — Voici le menu.

PÈRE UBU. — Oh ! ceci m'intéresse.

MÈRE UBU. — Soupe polonaise, côtes de rastron[1], veau, poulet, pâté de chien, croupion de dinde, charlotte[2] russe...

PÈRE UBU. — Eh ! en voilà assez, je suppose. Y en a-t-il encore ?

MÈRE UBU, *continuant.* — Bombe[3], salade, fruits, dessert, bouilli, topinambours, choux-fleurs à la merdre.

PÈRE UBU. — Eh ! me crois-tu empereur d'Orient pour faire de telles dépenses ?

MÈRE UBU. — Ne l'écoutez pas, il est imbécile.

---

1. *Rastron* : possible allusion à un petit rat. Ce mot serait aussi le surnom d'un des condisciples de Jarry durant ses années de collège.
2. *Charlotte* : entremets à base de fruits, de biscuits et de crèmes aromatisées.
3. *Bombe* : crème glacée en forme de cône ou de pyramide.

Père Ubu. — Ah ! je vais aiguiser mes dents contre vos mollets.

Mère Ubu. — Dîne plutôt, Père Ubu. Voilà de la polonaise[1].

Père Ubu. — Bougre, que c'est mauvais.

Capitaine Bordure. — Ce n'est pas bon, en effet.

Mère Ubu. — Tas d'Arabes, que vous faut-il ?

Père Ubu, *se frappant le front.* — Oh ! J'ai une idée. Je vais revenir tout à l'heure.

Il s'en va.

Mère Ubu. — Messieurs, nous allons goûter du veau.

Capitaine Bordure. — Il est très bon, j'ai fini.

Mère Ubu. — Aux croupions, maintenant.

Capitaine Bordure. — Exquis, exquis ! Vive la Mère Ubu !

Tous. — Vive la Mère Ubu !

Père Ubu, *rentrant.* — Et vous allez bientôt crier vive le Père Ubu.

Il tient un balai innommable[2] à la main et le lance sur le festin.

Mère Ubu. — Misérable, que fais-tu ?

Père Ubu. — Goûtez un peu.

Plusieurs goûtent et tombent empoisonnés.

Père Ubu. — Mère Ubu, passe-moi les côtelettes de rastron, que je serve.

---

1. *Polonaise*: gâteau meringué au kirsch et aux fruits confits.
2. *Balai innommable*: balai servant à nettoyer les cabinets.

Mère Ubu. — Les voici.

Père Ubu. — À la porte tout le monde ! Capitaine Bordure, j'ai à vous parler.

Les autres. — Eh ! nous n'avons pas dîné !

Père Ubu. — Comment, vous n'avez pas dîné ! À la porte, tout le monde ! Restez, Bordure.

Personne ne bouge.

Père Ubu. — Vous n'êtes pas partis ? De par ma chandelle verte, je vais vous assommer de côtes de rastron.

Il commence à en jeter.

Tous. — Oh ! Aïe ! Au secours ! Défendons-nous ! malheur ! je suis mort !

Père Ubu. — Merdre, merdre, merdre. À la porte ! je fais mon effet.

Tous. — Sauve qui peut ! Misérable Père Ubu ! traître et gueux voyou !

Père Ubu. — Ah ! les voilà partis. Je respire, mais j'ai fort mal dîné. Venez, Bordure.

Ils sortent avec la Mère Ubu.

SCÈNE 4 : Père Ubu, Mère Ubu, Capitaine Bordure.

Père Ubu. — Eh bien, capitaine, avez-vous bien dîné ?

Capitaine Bordure. — Fort bien, monsieur, sauf la merdre.

Père Ubu. — Eh ! la merdre n'était pas mauvaise.

Mère Ubu. — Chacun son goût.

Père Ubu. — Capitaine Bordure, je suis décidé à vous faire duc de Lithuanie[1].

Capitaine Bordure. — Comment, je vous croyais fort gueux, Père Ubu.

Père Ubu. — Dans quelques jours, si vous voulez, je règne en Pologne.

Capitaine Bordure. — Vous allez tuer Venceslas ?

Père Ubu. — Il n'est pas bête, ce bougre, il a deviné.

Capitaine Bordure. — S'il s'agit de tuer Venceslas, j'en suis. Je suis son mortel ennemi et je réponds de mes hommes.

Père Ubu, *se jetant sur lui pour l'embrasser.* — Oh ! oh ! je vous aime beaucoup, Bordure.

Capitaine Bordure. — Eh ! vous empestez, Père Ubu. Vous ne vous lavez donc jamais ?

Père Ubu. — Rarement.

Mère Ubu. — Jamais !

Père Ubu. — Je vais te marcher sur les pieds.

Mère Ubu. — Grosse merdre !

Père Ubu. — Allez, Bordure, j'en ai fini avec vous. Mais par ma chandelle verte, je jure sur la Mère Ubu de vous faire duc de Lithuanie.

Mère Ubu. — Mais...

Père Ubu. — Tais-toi, ma douce enfant...

Ils sortent.

---

1. *Lithuanie*: État d'Europe orientale, situé au nord de la Pologne.

SCÈNE 5 : PÈRE UBU, MÈRE UBU, UN MESSAGER.

PÈRE UBU. — Monsieur, que voulez-vous ? fichez le camp, vous me fatiguez.

LE MESSAGER. — Monsieur, vous êtes appelé de par le roi.

Il sort.

PÈRE UBU. — Oh ! merdre, jarnicotonbleu[1], de par ma chandelle verte, je suis découvert, je vais être décapité ! hélas ! hélas !

MÈRE UBU. — Quel homme mou ! et le temps presse.

PÈRE UBU. — Oh ! J'ai une idée : je dirai que c'est la Mère Ubu et Bordure.

MÈRE UBU. — Ah ! gros P.U., si tu fais ça...

PÈRE UBU. — Eh ! J'y vais de ce pas.

Il sort.

MÈRE UBU, *courant après lui.* — Oh ! Père Ubu, Père Ubu, je te donnerai de l'andouille.

Elle sort.

PÈRE UBU, *dans la coulisse.* — Oh ! merdre ! tu en es une fière, d'andouille.

SCÈNE 6 : LE ROI VENCESLAS, entouré de ses officiers ; BORDURE ; LES FILS DU ROI, BOLESLAS, LADISLAS ET BOUGRELAS ; puis UBU.

Le palais du roi.

PÈRE UBU, *entrant.* — Oh ! vous savez, ce n'est pas moi, c'est la Mère Ubu et Bordure.

---

1. *Jarnicotonbleu* : exclamation ubuesque dérivée de jarnicoton et de jarnidieu, qu'on retrouvait chez les Valois (famille royale de France).

Le roi. — Qu'as-tu, Père Ubu ?

Capitaine Bordure. — Il a trop bu.

Le roi. — Comme moi ce matin.

Père Ubu. — Oui, je suis saoul, c'est parce que j'ai bu trop de vin de France.

Le roi. — Père Ubu, je tiens à récompenser tes nombreux services comme capitaine de dragons, et je te fais aujourd'hui comte de Sandomir.

Père Ubu. — Ô monsieur Venceslas, je ne sais comment vous remercier.

Le roi. — Ne me remercie pas, Père Ubu, et trouve-toi demain matin à la grande revue.

Père Ubu. — J'y serai, mais acceptez, de grâce, ce petit mirliton[1].

Il présente au roi un mirliton.

Le roi. — Que veux-tu à mon âge que je fasse d'un mirliton ? Je le donnerai à Bougrelas.

Le jeune Bougrelas. — Est-il bête, ce Père Ubu.

Père Ubu. — Et maintenant, je vais foutre le camp. (*Il tombe en se retournant.*) Oh ! aïe ! au secours ! De par ma chandelle verte, je me suis rompu l'intestin et crevé la bouzine[2] !

Le roi, le relevant. — Père Ubu, vous estes-vous fait mal ?

Père Ubu. — Oui certes, et je vais sûrement crever. Que deviendra la Mère Ubu ?

---

1. *Mirliton* : simple flûte qui a l'apparence d'un jouet d'enfant.
2. *Bouzine* : mot désignant, avec « boudouille » et « gidouille », le ventre d'Ubu. Dans *Gargantua* et *Le cinquième livre* de Rabelais, ce mot est associé à une cornemuse.

LE ROI. — Nous pourvoirons à son entretien.

PÈRE UBU. — Vous avez bien de la bonté de reste. (*Il sort.*) Oui, mais, roi Venceslas, tu n'en seras pas moins massacré.

SCÈNE 7 : GIRON, PILE, COTICE, PÈRE UBU, MÈRE UBU, CONJURÉS ET SOLDATS, CAPITAINE BORDURE.

La maison d'Ubu.

PÈRE UBU. — Eh ! mes bons amis, il est grand temps d'arrêter le plan de la conspiration. Que chacun donne son avis. Je vais d'abord donner le mien, si vous le permettez.

CAPITAINE BORDURE. — Parlez, Père Ubu.

PÈRE UBU. — Eh bien, mes amis, je suis d'avis d'empoisonner simplement le roi en lui fourrant de l'arsenic dans son déjeuner. Quand il voudra le brouter il tombera mort, et ainsi je serai roi.

TOUS. — Fi, le sagouin[1] !

PÈRE UBU. — Eh quoi, cela ne vous plaît pas ? Alors, que Bordure donne son avis.

CAPITAINE BORDURE. — Moi, je suis d'avis de lui ficher un grand coup d'épée qui le fendra de la tête à la ceinture.

TOUS. — Oui ! voilà qui est noble et vaillant.

PÈRE UBU. — Et s'il vous donne des coups de pied ? Je me rappelle maintenant qu'il a pour les revues des souliers de fer qui font très mal. Si je savais, je filerais vous dénoncer pour me tirer de cette sale affaire, et je pense qu'il me donnerait aussi de la monnaie.

MÈRE UBU. — Oh ! le traître, le lâche, le vilain et plat ladre[2].

---

1. *Sagouin* : terme désignant un enfant malpropre.
2. *Ladre* : lépreux ou avare.

Tous. — Conspuez le Père Ubu !

Père Ubu. — Hé ! messieurs, tenez-vous tranquilles si vous ne voulez visiter mes poches[1]. Enfin je consens à m'exposer pour vous. De la sorte, Bordure, tu te charges de pourfendre le roi.

Capitaine Bordure. — Ne vaudrait-il pas mieux nous jeter tous à la fois sur lui en braillant et gueulant ? Nous aurions chance ainsi d'entraîner les troupes.

Père Ubu. — Alors, voilà. Je tâcherai de lui marcher sur les pieds, il regimbera, alors je lui dirai : MERDRE, et à ce signal vous vous jetterez sur lui.

Mère Ubu. — Oui, et dès qu'il sera mort tu prendras son sceptre et sa couronne.

Capitaine Bordure. — Et je courrai avec mes hommes à la poursuite de la famille royale.

Père Ubu. — Oui, et je te recommande spécialement le jeune Bougrelas.

Ils sortent.

Père Ubu, *courant après et les faisant revenir.* — Messieurs, nous avons oublié une cérémonie indispensable, il faut jurer de nous escrimer vaillamment.

Capitaine Bordure. — Et comment faire ? Nous n'avons pas de prêtre[2].

Père Ubu. — La Mère Ubu va en tenir lieu.

Tous. — Eh bien, soit.

Père Ubu. — Ainsi, vous jurez de bien tuer le roi ?

Tous. — Oui, nous le jurons. Vive le Père Ubu !

---

1. *Visiter mes poches* : menace ubuesque envers quiconque s'attire son mécontentement.
2. À une certaine époque, jurer devant un prêtre liait l'âme de la personne et assurait qu'une promesse serait tenue.

ACTE II

SCÈNE 1 : VENCESLAS, LA REINE ROSEMONDE, BOLESLAS, LADISLAS ET BOUGRELAS.

Le palais du roi.

LE ROI. — Monsieur Bougrelas, vous avez été ce matin fort impertinent avec monsieur Ubu, chevalier de mes ordres et comte de Sandomir. C'est pourquoi je vous défends de paraître à ma revue.

LA REINE. — Cependant, Venceslas, vous n'auriez pas trop de toute votre famille pour vous défendre.

LE ROI. — Madame, je ne reviens jamais sur ce que j'ai dit. Vous me fatiguez avec vos sornettes.

LE JEUNE BOUGRELAS. — Je me soumets, monsieur mon père.

LA REINE. — Enfin, Sire, êtes-vous toujours décidé à aller à cette revue ?

LE ROI. — Pourquoi non, madame ?

LA REINE. — Mais, encore une fois, ne l'ai-je pas vu en songe vous frappant de sa masse d'armes et vous jetant dans la Vistule[1], et un aigle comme celui qui figure dans les armes de Pologne lui plaçant la couronne sur la tête ?

LE ROI. — À qui ?

LA REINE. — Au Père Ubu.

LE ROI. — Quelle folie. Monsieur de Ubu est un fort bon gentilhomme, qui se ferait tirer à quatre chevaux[2] pour mon service.

---

1. *La Vistule*: fleuve traversant Varsovie, la capitale polonaise.
2. *Tirer à quatre chevaux*: expression familière décrivant l'écartèlement d'une personne.

La reine et Bougrelas. — Quelle erreur.

Le roi. — Taisez-vous, jeune sagouin. Et vous, madame, pour vous prouver combien je crains peu monsieur Ubu, je vais aller à la revue comme je suis, sans arme et sans épée.

La reine. — Fatale imprudence, je ne vous reverrai pas vivant.

Le roi. — Venez, Ladislas, venez, Boleslas.

Ils sortent. La Reine et Bougrelas vont à la fenêtre.

La reine et Bougrelas. — Que Dieu et le grand saint Nicolas vous gardent.

La reine. — Bougrelas, venez dans la chapelle avec moi prier pour votre père et vos frères.

SCÈNE 2 : L'armée polonaise, le roi, Boleslas, Ladislas, Père Ubu, Capitaine Bordure et ses hommes, Giron, Pile, Cotice.

Le champ des revues.

Le roi. — Noble Père Ubu, venez près de moi avec votre suite pour inspecter les troupes.

Père Ubu, *aux siens.* — Attention, vous autres. (*Au roi*) On y va, monsieur, on y va.

Les hommes d'Ubu entourent le roi.

Le roi. — Ah ! voici le régiment des gardes à cheval de Dantzick[1]. Ils sont fort beaux, ma foi.

Père Ubu. — Vous trouvez ? Ils me paraissent misérables. Regardez celui-ci. (*Au soldat.*) Depuis combien de temps ne t'es-tu débarbouillé, ignoble drôle ?

---

1. *Dantzick* : ancien nom de Gdańsk, ville portuaire de Pologne.

LE ROI. — Mais ce soldat est fort propre. Qu'avez-vous donc, Père Ubu ?

PÈRE UBU. — Voilà !

Il lui écrase le pied.

LE ROI. — Misérable !

PÈRE UBU. — MERDRE. À moi, mes hommes !

CAPITAINE BORDURE. — Hurrah ! en avant !

Tous frappent le roi, un Palotin explose.

LE ROI. — Oh ! au secours ! Sainte Vierge, je suis mort.

BOLESLAS, *à Ladislas.* — Qu'est-ce là ? Dégaînons[1].

PÈRE UBU. — Ah ! J'ai la couronne ! Aux autres, maintenant.

CAPITAINE BORDURE. — Sus aux traîtres !!!

Les fils du roi s'enfuient, tous les poursuivent.

SCÈNE 3 : LA REINE ET BOUGRELAS.

LA REINE. — Enfin, je commence à me rassurer.

BOUGRELAS. — Vous n'avez aucun sujet de crainte.

Une effroyable clameur se fait entendre au-dehors.

BOUGRELAS. — Ah ! que vois-je ? Mes deux frères poursuivis par le Père Ubu et ses hommes.

LA REINE. — Ô mon Dieu ! Sainte Vierge, ils perdent, ils perdent du terrain !

---

1. *Dégaînons* : l'accent circonflexe est une erreur ubuesque volontaire.

Bougrelas. — Toute l'armée suit le Père Ubu. Le Roi n'est plus là. Horreur ! Au secours !

La reine. — Voilà Boleslas mort ! Il a reçu une balle.

Bougrelas. — Eh ! (*Ladislas se retourne.*) Défends-toi ! Hurrah, Ladislas.

La reine. — Oh ! il est entouré.

Bougrelas. — C'en est fait de lui. Bordure vient de le couper en deux comme une saucisse.

La reine. — Ah ! Hélas ! Ces furieux pénètrent dans le palais, ils montent l'escalier.

La clameur augmente.

La reine et Bougrelas, *à genoux.* — Mon Dieu, défendez-nous.

Bougrelas. — Oh ! ce Père Ubu ! le coquin, le misérable, si je le tenais...

SCÈNE 4 : Les mêmes. La porte est défoncée. Le Père Ubu et les forcenés pénètrent.

Père Ubu. — Eh ! Bougrelas, que me veux-tu faire ?

Bougrelas. — Vive Dieu ! je défendrai ma mère jusqu'à la mort ! Le premier qui fait un pas est mort.

Père Ubu. — Oh ! Bordure, j'ai peur ! laissez-moi m'en aller.

Un soldat *avance.* — Rends-toi, Bougrelas !

Le jeune Bougrelas. — Tiens, voyou ! voilà ton compte !

Il lui fend le crâne.

La reine. — Tiens bon, Bougrelas, tiens bon !

Plusieurs *avancent.* — Bougrelas, nous te promettons la vie sauve.

Bougrelas. — Chenapans, sacs à vin, sagouins payés !

Il fait le moulinet avec son épée et en fait un massacre.

Père Ubu. — Oh ! je vais bien en venir à bout tout de même !

Bougrelas. — Mère, sauve-toi par l'escalier secret.

La reine. — Et toi, mon fils, et toi ?

Bougrelas. — Je te suis.

Père Ubu. — Tâchez d'attraper la reine. Ah ! la voilà partie. Quant à toi, misérable !...

Il s'avance vers Bougrelas.

Bougrelas. — Ah ! vive Dieu ! voilà ma vengeance ! *(Il lui découd la boudouille*[1] *d'un terrible coup d'épée.)* Mère, je te suis !

Il disparaît par l'escalier secret.

SCÈNE 5 : Le jeune Bougrelas entre, suivi de Rosemonde.

Une caverne dans les montagnes.

Bougrelas. — Ici, nous serons en sûreté.

La reine. — Oui, je le crois ! Bougrelas, soutiens-moi !

Elle tombe sur la neige.

Bougrelas. — Ha ! Qu'as-tu, ma mère ?

La reine. — Je suis bien malade, crois-moi, Bougrelas. Je n'en ai plus que pour deux heures à vivre.

---

1. *Boudouille* : ventre du Père Ubu.

Bougrelas. — Quoi ! le froid t'aurait-il saisie ?

La reine. — Comment veux-tu que je résiste à tant de coups ? Le roi massacré, notre famille détruite, et toi, représentant de la plus noble race qui ait jamais porté l'épée, forcé de t'enfuir dans les montagnes comme un contrebandier.

Bougrelas. — Et par qui, grand Dieu ! par qui ? Un vulgaire Père Ubu, aventurier sorti on ne sait d'où, vile crapule, vagabond honteux ! Et quand je pense que mon père l'a décoré et fait comte et que le lendemain ce vilain n'a pas eu honte de porter la main sur lui.

La reine. — Ô Bougrelas ! Quand je me rappelle combien nous étions heureux avant l'arrivée de ce Père Ubu ! Mais maintenant, hélas ! tout est changé !

Bougrelas. — Que veux-tu ? Attendons avec espérance et ne renonçons jamais à nos droits.

La reine. — Je te le souhaite, mon cher enfant, mais pour moi, je ne verrai pas cet heureux jour.

Bougrelas. — Eh ! Qu'as-tu ? Elle pâlit, elle tombe, au secours ! Mais je suis dans un désert ! Ô mon Dieu ! son cœur ne bat plus. Elle est morte ! Est-ce possible ? Encore une victime du Père Ubu ! (*Il se cache la figure dans les mains et pleure.*) Ô mon Dieu ! qu'il est triste de se voir seul à quatorze ans avec une vengeance terrible à poursuivre !

Il tombe en proie au plus violent désespoir.

Pendant ce temps, les Âmes de Venceslas, de Boleslas, de Ladislas, de Rosemonde entrent dans la grotte, leurs Ancêtres les accompagnent et remplissent la grotte. Le plus vieux s'approche de Bougrelas et le réveille doucement[1].

1. Allusion possible à *Hamlet* de Shakespeare, où l'esprit du père d'Hamlet vient le persuader de venger sa mort.

Bougrelas. — Eh! que vois-je? toute ma famille, mes ancêtres... Par quel prodige?

L'ombre. — Apprends, Bougrelas, que j'ai été pendant ma vie le seigneur Mathias de Königsberg[1], le premier roi et le fondateur de la maison. Je te remets le soin de notre vengeance. (*Il lui donne une grande épée.*) Et que cette épée que je te donne n'ait de repos que quand elle aura frappé de mort l'usurpateur.

Tous disparaissent, et Bougrelas reste seul dans l'attitude de l'extase.

SCÈNE 6: Père Ubu, Mère Ubu, Capitaine Bordure.

Le palais du roi.

Père Ubu. — Non, je ne veux pas, moi! Voulez-vous me ruiner pour ces bouffres[2]?

Capitaine Bordure. — Mais enfin, Père Ubu, ne voyez-vous pas que le peuple attend le don de joyeux avènement[3]?

Mère Ubu. — Si tu ne fais pas distribuer des viandes et de l'or, tu seras renversé d'ici deux heures.

Père Ubu. — Des viandes, oui! de l'or, non! Abattez trois vieux chevaux, c'est bien bon pour de tels sagouins.

Mère Ubu. — Sagouin toi même! Qui m'a bâti un animal de cette sorte?

---

1. *Königsberg*: ville de Russie donnant sur la mer Baltique. Aujourd'hui, cette ville s'appelle Kaliningrad.
2. *Bouffres*: appellation ubuesque de ceux qui mangent l'avoir du Père Ubu.
3. *Le don de joyeux avènement*: célébration de l'accession au trône du nouveau roi.

Père Ubu. — Encore une fois, je veux m'enrichir, je ne lâcherai pas un sou.

Mère Ubu. — Quand on a entre les mains tous les trésors de la Pologne.

Capitaine Bordure. — Oui, je sais qu'il y a dans la chapelle un immense trésor, nous le distribuerons.

Père Ubu. — Misérable, si tu fais ça !

Capitaine Bordure. — Mais, Père Ubu, si tu ne fais pas de distributions le peuple ne voudra pas payer les impôts.

Père Ubu. — Est-ce bien vrai ?

Mère Ubu. — Oui, oui !

Père Ubu. — Oh, alors je consens à tout. Réunissez trois millions, cuisez cent cinquante bœufs et moutons, d'autant plus que j'en aurai aussi !

Ils sortent.

SCÈNE 7 : Père Ubu couronné, Mère Ubu, Capitaine Bordure, larbins chargés de viande.

La cour du palais pleine de Peuple.

Peuple. — Voilà le roi ! Vive le roi ! hurrah !

Père Ubu, *jetant de l'or.* — Tenez, voilà pour vous. Ça ne m'amusait guère de vous donner de l'argent, mais vous savez, c'est la Mère Ubu qui a voulu. Au moins, promettez-moi de bien payer les impôts.

Tous. — Oui, oui !

Capitaine Bordure. — Voyez, Mère Ubu, s'ils se disputent cet or. Quelle bataille !

MÈRE UBU. — Il est vrai que c'est horrible. Pouah ! en voilà un qui a le crâne fendu.

PÈRE UBU. — Quel beau spectacle ! Amenez d'autres caisses d'or.

CAPITAINE BORDURE. — Si nous faisions une course.

PÈRE UBU. — Oui, c'est une idée. (*Au peuple.*) Mes amis, vous voyez cette caisse d'or, elle contient trois cent mille nobles à la rose en or, en monnaie polonaise et de bon aloi[1]. Que ceux qui veulent courir se mettent au bout de la cour. Vous partirez quand j'agiterai mon mouchoir et le premier arrivé aura la caisse. Quant à ceux qui ne gagneront pas, ils auront comme consolation cette autre caisse qu'on leur partagera.

TOUS. — Oui ! Vive le Père Ubu ! Quel bon roi ! On n'en voyait pas tant du temps de Venceslas.

PÈRE UBU, *à la Mère Ubu, avec joie.* — Écoute-les !

Tout le peuple va se ranger au bout de la cour.

PÈRE UBU. — Une, deux, trois ! Y êtes-vous ?

TOUS. — Oui ! oui !

PÈRE UBU. — Partez !

Ils partent en se culbutant. Cris et tumulte.

CAPITAINE BORDURE. — Ils approchent ! ils approchent !

PÈRE UBU. — Eh ! le premier perd du terrain.

MÈRE UBU. — Non, il regagne maintenant.

CAPITAINE BORDURE. — Oh ! Il perd, il perd ! fini ! c'est l'autre !

Celui qui était deuxième arrive le premier.

---

1. *Monnaie polonaise et de bon aloi* : de bonne qualité.

Tous. — Vive Michel Fédérovitch[1] ! Vive Michel Fédérovitch !

Michel Fédérovitch. — Sire, je ne sais vraiment comment remercier Votre Majesté...

Père Ubu. — Oh ! mon cher ami, ce n'est rien. Emporte ta caisse chez toi, Michel ; et vous, partagez-vous cette autre, prenez une pièce chacun jusqu'à ce qu'il n'y en ait plus.

Tous. — Vive Michel Fédérovitch ! Vive le Père Ubu !

Père Ubu. — Et vous, mes amis, venez dîner ! Je vous ouvre aujourd'hui les portes du palais, veuillez faire honneur à ma table !

Peuple. — Entrons ! Entrons ! Vive le Père Ubu ! c'est le plus noble des souverains !

Ils entrent dans le palais. On entend le bruit de l'orgie qui se prolonge jusqu'au lendemain. La toile tombe.

1. *Michel Fédérovitch* : nom du père du czar Alexis, désignant le vainqueur de la course.

ACTE III

SCÈNE 1 : Père Ubu, Mère Ubu.

Le palais.

Père Ubu. — De par ma chandelle verte, me voici roi de ce pays. Je me suis déjà flanqué une indigestion et on va m'apporter ma grande capeline.

Mère Ubu. — En quoi est-elle, Père Ubu ? car nous avons beau être rois, il faut être économes.

Père Ubu. — Madame ma femelle, elle est en peau de mouton avec une agrafe et des brides en peau de chien.

Mère Ubu. — Voilà qui est beau, mais il est encore plus beau d'être rois.

Père Ubu. — Oui, tu as eu raison, Mère Ubu.

Mère Ubu. — Nous avons une grande reconnaissance au duc de Lithuanie.

Père Ubu. — Qui donc ?

Mère Ubu. — Eh ! le capitaine Bordure.

Père Ubu. — De grâce, Mère Ubu, ne me parle pas de ce bouffre. Maintenant que je n'ai plus besoin de lui, il peut bien se brosser le ventre[1], il n'aura point son duché.

Mère Ubu. — Tu as grand tort, Père Ubu, il va se tourner contre toi.

Père Ubu. — Oh ! je le plains bien, ce petit homme, je m'en soucie autant que de Bougrelas.

---

1. *Se brosser le ventre* : expression ubuesque désignant l'onanisme.

MÈRE UBU. — Eh ! crois-tu en avoir fini avec Bougrelas ?

PÈRE UBU. — Sabre à finances[1], évidemment ! que veux-tu qu'il me fasse, ce petit sagouin de quatorze ans ?

MÈRE UBU. — Père Ubu, fais attention à ce que je te dis. Crois-moi, tâche de t'attacher Bougrelas par tes bienfaits.

PÈRE UBU. — Encore de l'argent à donner ? Ah ! non, du coup ! vous m'avez fait gâcher bien vingt-deux millions.

MÈRE UBU. — Fais à ta tête, Père Ubu, il t'en cuira.

PÈRE UBU. — Eh bien, tu seras avec moi dans la marmite.

MÈRE UBU. — Écoute, encore une fois, je suis sûre que le jeune Bougrelas l'emportera, car il a pour lui le bon droit.

PÈRE UBU. — Ah ! saleté ! le mauvais droit ne vaut-il pas le bon ? Ah ! tu m'injuries, Mère Ubu, je vais te mettre en morceaux.

La Mère Ubu se sauve, poursuivie par Ubu.

SCÈNE 2 : PÈRE UBU, MÈRE UBU, OFFICIERS ET SOLDATS, GIRON, PILE, COTICE, NOBLES ENCHAÎNÉS, FINANCIERS, MAGISTRATS, GREFFIERS.

La grande salle du palais.

PÈRE UBU. — Apportez la caisse à Nobles et le crochet à Nobles et le couteau à Nobles et le bouquin à Nobles[2] ! ensuite, faites avancer les Nobles.

On pousse brutalement les Nobles.

---

1. *Sabre à finances* : exclamation ubuesque désignant une des armes du Père Ubu. Il est intéressant de noter que l'orthographe du mot « finances » est correcte, contrairement à la variante « phynances » que Jarry utilise de temps à autre dans les expressions « larbins de phynances », « cheval à phynances » et « Maître des Phynances ».
2. *La caisse à Nobles et le crochet à Nobles et le couteau à Nobles et le bouquin à Nobles* : instruments d'extorsion ubuesque.

Mère Ubu. — De grâce, modère-toi, Père Ubu.

Père Ubu. — J'ai l'honneur de vous annoncer que pour enrichir le royaume je vais faire périr tous les Nobles et prendre leurs biens.

Nobles. — Horreur ! à nous, peuple et soldats !

Père Ubu. — Amenez le premier Noble et passez-moi le crochet à Nobles. Ceux qui seront condamnés à mort, je les passerai dans la trappe, ils tomberont dans les sous-sols du Pince-Porc et de la Chambre-à-Sous[1], où on les décervèlera[2]. (*Au Noble.*) Qui es-tu, bouffre ?

Le noble. — Comte de Vitepsk.

Père Ubu. — De combien sont tes revenus ?

Le noble. — Trois millions de rixdales[3].

Père Ubu. — Condamné !

Il le prend avec le crochet et le passe dans le trou.

Mère Ubu. — Quelle basse férocité !

Père Ubu. — Second Noble, qui es-tu ? (*Le Noble ne répond rien.*) Répondras-tu, bouffre ?

Le noble. — Grand-duc de Posen.

Père Ubu. — Excellent ! excellent ! Je n'en demande pas plus long. Dans la trappe. Troisième Noble, qui es-tu ? tu as une sale tête.

Le noble. — Duc de Courlande, des villes de Riga, de Revel et de Mitau.

---

1. *Les sous-sols du Pince-Porc et de la Chambre-à-Sous*: lieux d'extorsion ubuesque.
2. *Décervèlera*: torture ubuesque. Le décervelage est aussi le cinquième mois du Calendrier Pataphysique perpétuel.
3. *Rixdales*: ancienne monnaie en usage dans le nord et l'est de l'Europe.

Père Ubu. — Très bien ! très bien ! Tu n'as rien autre chose ?

Le noble. — Rien.

Père Ubu. — Dans la trappe, alors. Quatrième Noble, qui es-tu ?

Le noble. — Prince de Podolie.

Père Ubu. — Quels sont tes revenus ?

Le noble. — Je suis ruiné.

Père Ubu. — Pour cette mauvaise parole, passe dans la trappe. Cinquième Noble, qui es-tu ?

Le noble. — Margrave[1] de Thorn, palatin[2] de Polock.

Père Ubu. — Ça n'est pas lourd. Tu n'as rien autre chose ?

Le noble. — Cela me suffisait.

Père Ubu. — Eh bien ! mieux vaut peu que rien. Dans la trappe. Qu'as-tu à pigner[3], Mère Ubu ?

Mère Ubu. — Tu es trop féroce, Père Ubu.

Père Ubu. — Eh ! je m'enrichis. Je vais faire lire MA liste de MES biens. Greffier, lisez MA liste de MES biens.

Le greffier. — Comté de Sandomir.

Père Ubu. — Commence par les principautés, stupide bougre !

Le greffier. — Principauté de Podolie, grand-duché de Posen, duché de Courlande, comté de Sandomir, comté de Vitepsk, palatinat de Polock, margraviat de Thorn.

---

1. *Margrave*: titre de certains princes d'Allemagne.
2. *Palatin*: comte d'Allemagne, institué par les empereurs.
3. *Pigner*: ce terme populaire est dérivé de l'ancien français « peignier », qui signifiait *se battre avec acharnement*. Dans ce cas-ci, le terme renvoie au mécontentement de la Mère Ubu.

Père Ubu. — Et puis après?

Le greffier. — C'est tout.

Père Ubu. — Comment, c'est tout! Oh bien alors, en avant les Nobles, et comme je ne finirai pas de m'enrichir, je vais faire exécuter tous les Nobles, et ainsi j'aurai tous les biens vacants. Allez, passez les Nobles dans la trappe. (*On empile les Nobles dans la trappe.*) Dépêchez-vous plus vite, je veux faire des lois maintenant.

Plusieurs. — On va voir ça.

Père Ubu. — Je vais d'abord réformer la justice, après quoi nous procéderons aux finances.

Plusieurs magistrats. — Nous nous opposons à tout changement.

Père Ubu. — Merdre. D'abord, les magistrats ne seront plus payés.

Magistrats. — Et de quoi vivrons-nous? Nous sommes pauvres.

Père Ubu. — Vous aurez les amendes que vous prononcerez et les biens des condamnés à mort.

Un magistrat. — Horreur.

Deuxième. — Infamie.

Troisième. — Scandale.

Quatrième. — Indignité.

Tous. — Nous nous refusons à juger dans des conditions pareilles.

Père Ubu. — À la trappe les magistrats!

Ils se débattent en vain.

Mère Ubu. — Eh ! que fais-tu, Père Ubu ? Qui rendra maintenant la justice ?

Père Ubu. — Tiens ! moi. Tu verras comme ça marchera bien.

Mère Ubu. — Oui, ce sera du propre.

Père Ubu. — Allons, tais-toi, bouffresque[1]. Nous allons maintenant, messieurs, procéder aux finances.

Financiers. — Il n'y a rien à changer.

Père Ubu. — Comment, je veux tout changer, moi. D'abord je veux garder pour moi la moitié des impôts.

Financiers. — Pas gêné.

Père Ubu. — Messieurs, nous établirons un impôt de dix pour cent sur la propriété, un autre sur le commerce et l'industrie, et un troisième sur les mariages et un quatrième sur les décès, de quinze francs chacun.

Premier financier. — Mais c'est idiot, Père Ubu.

Deuxième financier. — C'est absurde.

Troisième financier. — Ça n'a ni queue ni tête.

Père Ubu. — Vous vous fichez de moi ! Dans la trappe, les financiers !

On enfourne les financiers.

Mère Ubu. — Mais enfin, Père Ubu, quel roi tu fais, tu massacres tout le monde.

Père Ubu. — Eh merdre !

Mère Ubu. — Plus de justice, plus de finances.

Père Ubu. — Ne crains rien, ma douce enfant, j'irai moi-même de village en village recueillir les impôts.

---

1. *Bouffresque* : féminisation de bouffre (acte II, scène 6).

SCÈNE 3

Une maison de paysans dans les environs de Varsovie.
PLUSIEURS PAYSANS *sont assemblés.*

UN PAYSAN, *entrant.* — Apprenez la grande nouvelle. Le roi est mort, les ducs aussi et le jeune Bougrelas s'est sauvé avec sa mère dans les montagnes. De plus, le Père Ubu s'est emparé du trône.

UN AUTRE. — J'en sais bien d'autres. Je viens de Cracovie, où j'ai vu emporter les corps de plus de trois cents nobles et de cinq cents magistrats qu'on a tués, et il paraît qu'on va doubler les impôts et que le Père Ubu viendra les ramasser lui-même.

TOUS. — Grand Dieu ! qu'allons-nous devenir ? le Père Ubu est un affreux sagouin et sa famille est, dit-on, abominable.

UN PAYSAN. — Mais, écoutez. – ne dirait-on pas qu'on frappe à la porte ?

UNE VOIX, *au-dehors.* — Cornegidouille[1] ! Ouvrez, de par ma merdre, par saint Jean, saint Pierre et saint Nicolas ! ouvrez, sabre à finances, corne finances, je viens chercher les impôts !

La porte est défoncée, Ubu pénètre suivi d'une légion de Grippe-Sous.

SCÈNE 4

PÈRE UBU. — Qui de vous est le plus vieux ? (*Un paysan s'avance.*) Comment te nommes-tu ?

LE PAYSAN. — Stanislas Leczinski[2].

---

1. *Cornegidouille* : exclamation ubuesque.
2. *Stanislas Leczinski* : nom emprunté au célèbre roi de Pologne au XVIIIe siècle, qui fut le beau-père de Louis XV.

Père Ubu. — Eh bien, cornegidouille, écoute-moi bien, sinon ces messieurs te couperont les oneilles[1]. Mais, vas-tu m'écouter enfin ?

Stanislas. — Mais Votre Excellence n'a encore rien dit.

Père Ubu. — Comment, je parle depuis une heure. Crois-tu que je vienne ici pour prêcher dans le désert ?

Stanislas. — Loin de moi cette pensée.

Père Ubu. — Je viens donc te dire, t'ordonner et te signifier que tu aies à produire et exhiber promptement ta finance, sinon tu seras massacré. Allons, messeigneurs les salopins[2] de finance, voiturez ici le voiturin à phynances[3].

On apporte le voiturin.

Stanislas. — Sire, nous ne sommes inscrits sur le registre que pour cent cinquante-deux rixdales que nous avons déjà payées, il y aura tantôt six semaines à la Saint-Mathieu.

Père Ubu. — C'est fort possible, mais j'ai changé le gouvernement et j'ai fait mettre dans le journal qu'on paierait deux fois tous les impôts et trois fois ceux qui pourront être désignés ultérieurement. Avec ce système, j'aurai vite fait fortune, alors je tuerai tout le monde et je m'en irai.

Paysans. — Monsieur Ubu, de grâce, ayez pitié de nous. Nous sommes de pauvres citoyens.

Père Ubu. — Je m'en fiche. Payez.

Paysans. — Nous ne pouvons, nous avons payé.

---

1. *Oneilles*: appellation ubuesque des oreilles.
2. *Salopins*: appellation ubuesque des serviteurs dans la collecte des impôts.
3. *Voiturin à phynances*: caisse pour recueillir les impôts.

Père Ubu. — Payez! ou ji[1] vous mets dans ma poche[2] avec supplice et décollation du cou et de la tête! Cornegidouille, je suis le roi peut-être!

Tous. — Ah, c'est ainsi! Aux armes! Vive Bougrelas, par la grâce de Dieu, roi de Pologne et de Lithuanie!

Père Ubu. — En avant, messieurs des Finances, faites votre devoir.

Une lutte s'engage, la maison est détruite et le vieux Stanislas s'enfuit seul à travers la plaine. Ubu reste à ramasser la finance.

SCÈNE 5: Capitaine Bordure enchaîné, Père Ubu.

Une casemate[3] des fortifications de Thorn.

Père Ubu. — Ah! citoyen, voilà ce que c'est, tu as voulu que je te paye ce que je te devais, alors tu t'es révolté parce que je n'ai pas voulu, tu as conspiré et te voilà coffré. Cornefinance, c'est bien fait et le tour est si bien joué que tu dois toi-même le trouver fort à ton goût.

Bordure. — Prenez garde, Père Ubu. Depuis cinq jours que vous êtes roi, vous avez commis plus de meurtres qu'il n'en faudrait pour damner tous les saints du Paradis. Le sang du roi et des nobles crie vengeance et ses cris seront entendus.

Père Ubu. — Eh! mon bel ami, vous avez la langue fort bien pendue. Je ne doute pas que si vous vous échappiez il en pourrait résulter des complications, mais je ne crois pas que les

---

1. *Ji*: pronom personnel déformé pour montrer l'ampleur de la colère d'Ubu.
2. *Mets dans ma poche*: menace d'Ubu, variante de «visiter mes poches» (note 1, p. 16).
3. *Casemate*: Abri enterré protégeant contre les obus et les bombes.

casemates de Thorn aient jamais lâché quelqu'un des honnêtes garçons qu'on leur avait confiés. C'est pourquoi, bonne nuit, et je vous invite à dormir sur les deux oneilles, bien que les rats dansent ici une assez belle sarabande.

Il sort. Les Larbins viennent verrouiller toutes les portes.

SCÈNE 6 : L'EMPEREUR ALEXIS ET SA COUR, BORDURE.

Le palais de Moscou.

LE CZAR ALEXIS. — C'est vous, infâme aventurier, qui avez coopéré à la mort de notre cousin Venceslas ?

BORDURE. — Sire, pardonnez-moi, j'ai été entraîné malgré moi par le Père Ubu.

ALEXIS. — Oh ! l'affreux menteur. Enfin, que désirez-vous ?

BORDURE. — Le Père Ubu m'a fait emprisonner sous prétexte de conspiration, je suis parvenu à m'échapper et j'ai couru cinq jours et cinq nuits à cheval à travers les steppes pour venir implorer Votre gracieuse miséricorde.

ALEXIS. — Que m'apportes-tu comme gage de ta soumission ?

BORDURE. — Mon épée d'aventurier et un plan détaillé de la ville de Thorn.

ALEXIS. — Je prends l'épée, mais par saint Georges, brûlez ce plan, je ne veux pas devoir ma victoire à une trahison.

BORDURE. — Un des fils de Venceslas, le jeune Bougrelas, est encore vivant, je ferai tout pour le rétablir.

ALEXIS. — Quel grade avais-tu dans l'armée polonaise ?

BORDURE. — Je commandais le 5e régiment des dragons de Wilna et une compagnie franche au service du Père Ubu.

Alexis. — C'est bien, je te nomme sous-lieutenant au 10e régiment de Cosaques, et gare à toi si tu trahis. Si tu te bats bien, tu seras récompensé.

Bordure. — Ce n'est pas le courage qui me manque, Sire.

Alexis. — C'est bien, disparais de ma présence.

Il sort.

SCÈNE 7 : Père Ubu, Mère Ubu, conseillers de phynances.

La salle du conseil d'Ubu.

Père Ubu. — Messieurs, la séance est ouverte et tâchez de bien écouter et de vous tenir tranquilles. D'abord, nous allons faire le chapitre des finances, ensuite nous parlerons d'un petit système que j'ai imaginé pour faire venir le beau temps et conjurer la pluie.

Un conseiller. — Fort bien, monsieur Ubu.

Mère Ubu. — Quel sot homme.

Père Ubu. — Madame de ma merdre, garde à vous, car je ne souffrirai pas vos sottises. Je vous disais donc, messieurs, que les finances vont passablement. Un nombre considérable de chiens à bas de laine[1] se répand chaque matin dans les rues et les salopins font merveille. De tous côtés on ne voit que des maisons brûlées et des gens pliant sous le poids de nos phynances.

Le conseiller. — Et les nouveaux impôts, monsieur Ubu, vont-ils bien ?

1. *Chiens à bas de laine* : chiens dressés pour dépouiller les gens.

Mère Ubu. — Point du tout. L'impôt sur les mariages n'a encore produit que 11 sous, et encore le Père Ubu poursuit les gens partout pour les forcer à se marier.

Père Ubu. — Sabre à finances, corne de ma gidouille, madame la financière, j'ai des oneilles pour parler et vous une bouche pour m'entendre. (*Éclats de rire.*) Ou plutôt non ! Vous me faites tromper et vous êtes cause que je suis bête ! Mais, corne d'Ubu ! (*Un messager entre.*) Allons, bon, qu'a-t-il encore celui-là ? Va-t'en, sagouin, ou je te poche avec décollation et torsion des jambes.

Mère Ubu. — Ah ! le voilà dehors, mais il y a une lettre.

Père Ubu. — Lis-la. Je crois que je perds l'esprit ou que je ne sais pas lire. Dépêche-toi, bouffresque, ce doit être de Bordure.

Mère Ubu. — Tout justement. Il dit que le Czar l'a accueilli très bien, qu'il va envahir tes États pour rétablir Bougrelas et que toi tu seras tué.

Père Ubu. — Ho ! ho ! J'ai peur ! J'ai peur ! Ha ! je pense mourir. Ô pauvre homme que je suis. Que devenir, grand Dieu ? Ce méchant homme va me tuer. Saint Antoine et tous les saints, protégez-moi, je vous donnerai de la phynance et je brûlerai des cierges pour vous. Seigneur, que devenir ?

Il pleure et sanglote.

Mère Ubu. — Il n'y a qu'un parti à prendre, Père Ubu.

Père Ubu. — Lequel, mon amour ?

Mère Ubu. — La guerre !!

Tous. — Vive Dieu ! Voilà qui est noble !

Père Ubu. — Oui, et je recevrai encore des coups.

Premier conseiller. — Courons, courons organiser l'armée.

Deuxième. — Et réunir les vivres.

TROISIÈME. — Et préparer l'artillerie et les forteresses.

QUATRIÈME. — Et prendre l'argent pour les troupes.

PÈRE UBU. — Ah ! non, par exemple ! Je vais te tuer, toi, je ne veux pas donner d'argent. En voilà d'une autre ! J'étais payé pour faire la guerre et maintenant il faut la faire à mes dépens. Non, de par ma chandelle verte, faisons la guerre, puisque vous en êtes enragés, mais ne déboursons pas un sou.

TOUS. — Vive la guerre !

SCÈNE 8

Le camp sous Varsovie.

SOLDATS ET PALOTINS. — Vive la Pologne ! Vive le Père Ubu !

PÈRE UBU. — Ah ! Mère Ubu, donne-moi ma cuirasse et mon petit bout de bois. Je vais être bientôt tellement chargé que je ne saurais marcher si j'étais poursuivi.

MÈRE UBU. — Fi, le lâche.

PÈRE UBU. — Ah ! voilà le sabre à merdre qui se sauve et le croc à finances qui ne tient pas !!! Je n'en finirai jamais, et les Russes avancent et vont me tuer.

UN SOLDAT. — Seigneur Ubu, voilà le ciseau à oneilles qui tombe.

PÈRE UBU. — Ji tou[1] tue au moyen du croc à merdre et du couteau à figure.

MÈRE UBU. — Comme il est beau avec son casque et sa cuirasse, on dirait une citrouille armée.

---

1. *Tou*: pronom personnel déformé pour montrer l'ampleur de la colère d'Ubu.

Père Ubu. — Ah ! maintenant, je vais monter à cheval. Amenez, messieurs, le cheval à phynances.

Mère Ubu. — Père Ubu, ton cheval ne saurait plus te porter, il n'a rien mangé depuis cinq jours et est presque mort.

Père Ubu. — Elle est bonne celle-là ! On me fait payer 12 sous par jour pour cette rosse[1] et elle ne me peut porter. Vous vous fichez, corne d'Ubu, ou bien si vous me volez ? (*La Mère Ubu rougit et baisse les yeux.*) Alors, que l'on m'apporte une autre bête, mais je n'irai pas à pied, cornegidouille !

On amène un énorme cheval.

Père Ubu. — Je vais monter dessus. Oh ! assis plutôt ! car je vais tomber. (*Le cheval part.*) Ah ! arrêtez ma bête, Grand Dieu, je vais tomber et être mort !!!

Mère Ubu. — Il est vraiment imbécile. Ah ! le voilà relevé. Mais il est tombé par terre.

Père Ubu. — Corne physique, je suis à moitié mort ! Mais c'est égal, je pars en guerre et je tuerai tout le monde. Gare à qui ne marchera pas droit. Ji lon[2] mets dans ma poche avec torsion du nez et des dents et extraction de la langue.

Mère Ubu. — Bonne chance, monsieur Ubu.

Père Ubu. — J'oubliais de te dire que je te confie la régence. Mais j'ai sur moi le livre des finances, tant pis pour toi si tu me voles. Je te laisse pour t'aider le Palotin Giron. Adieu, Mère Ubu.

Mère Ubu. — Adieu, Père Ubu. Tue bien le Czar.

---

1. *Rosse*: mauvais cheval.
2. *Lon*: pronom personnel déformé pour montrer l'ampleur de la colère d'Ubu.

Père Ubu. — Pour sûr. Torsion du nez et des dents, extraction de la langue et enfoncement du petit bout de bois dans les oneilles.

L'armée s'éloigne au bruit des fanfares.

Mère Ubu, *seule.* — Maintenant que ce gros pantin est parti, tâchons de faire nos affaires, tuer Bougrelas et nous emparer du trésor.

ACTE IV

SCÈNE 1

La crypte des anciens rois de Pologne dans la cathédrale de Varsovie.

MÈRE UBU. — Où donc est ce trésor ? Aucune dalle ne sonne creux. J'ai pourtant bien compté treize pierres après le tombeau de Ladislas le Grand[1] en allant le long du mur, et il n'y a rien. Il faut qu'on m'ait trompée. Voilà cependant : ici la pierre sonne creux. À l'œuvre, Mère Ubu. Courage, descellons cette pierre. Elle tient bon. Prenons ce bout de croc à finances qui fera encore son office. Voilà ! Voilà l'or au milieu des ossements des rois. Dans notre sac, alors, tout ! Eh ! quel est ce bruit ? Dans ces vieilles voûtes y aurait-il encore des vivants ? Non, ce n'est rien, hâtons-nous. Prenons tout. Cet argent sera mieux à la face du jour qu'au milieu des tombeaux des anciens princes. Remettons la pierre. Eh quoi ! toujours ce bruit. Ma présence en ces lieux me cause une étrange frayeur. Je prendrai le reste de cet or une autre fois, je reviendrai demain.

UNE VOIX, *sortant du tombeau de Jean Sigismond*[2]. — Jamais, Mère Ubu !

La Mère Ubu se sauve affolée emportant l'or volé par la porte secrète.

---

1. *Ladislas le Grand* : nom de plusieurs rois de Bohême, de Hongrie et de Pologne.
2. *Jean Sigismond* : roi de Pologne au XVIe siècle.

SCÈNE 2 : BOUGRELAS ET SES PARTISANS, PEUPLE ET SOLDATS.

La place de Varsovie.

BOUGRELAS. — En avant, mes amis ! Vive Venceslas et la Pologne ! le vieux gredin de Père Ubu est parti, il ne reste plus que la sorcière de Mère Ubu avec son Palotin. Je m'offre à marcher à votre tête et à rétablir la race de mes pères.

TOUS. — Vive Bougrelas !

BOUGRELAS. — Et nous supprimerons tous les impôts établis par l'affreux Père Ub.

TOUS. — Hurrah ! en avant ! Courons au palais et massacrons cette engeance[1].

BOUGRELAS. — Eh ! Voilà la Mère Ubu qui sort avec ses gardes sur le perron !

MÈRE UBU. — Que voulez-vous, messieurs ? Ah ! c'est Bougrelas.

La foule lance des pierres.

PREMIER GARDE. — Tous les carreaux sont cassés.

DEUXIÈME GARDE. — Saint Georges, me voilà assommé.

TROISIÈME GARDE. — Cornebleu, je meurs.

BOUGRELAS. — Lancez des pierres, mes amis.

LE PALOTIN GIRON. — Hon ! C'est ainsi !

Il dégaine et se précipite, faisant un carnage épouvantable.

BOUGRELAS. — À nous deux ! Défends-toi, lâche pistolet.

Ils se battent.

---

1. *Engeance* : catégorie de personnes détestables ou méprisables.

GIRON. — Je suis mort !

BOUGRELAS. — Victoire, mes amis ! Sus à la Mère Ubu !

On entend des trompettes.

BOUGRELAS. — Ah ! voilà les Nobles qui arrivent. Courons, attrapons la mauvaise harpie[1] !

TOUS. — En attendant que nous étranglions le vieux bandit !

La Mère Ubu se sauve poursuivie par tous les Polonais. Coups de fusil et grêle de pierres.

SCÈNE 3

L'armée polonaise en marche dans l'Ukraine.

PÈRE UBU. — Cornebleu, jambedieu[2], tête de vache ! nous allons périr, car nous mourons de soif et sommes fatigué. Sire Soldat, ayez l'obligeance de porter notre casque à finances, et vous, sire Lancier, chargez-vous du ciseau à merdre et du bâton à physique pour soulager notre personne, car, je le répète, nous sommes fatigué.

Les soldats obéissent.

PILE. — Hon ! Monsieuye[3] ! Il est étonnant que les Russes n'apparaissent point.

PÈRE UBU. — Il est regrettable que l'état de nos finances ne nous permette pas d'avoir une voiture à notre taille ; car, par crainte de démolir notre monture, nous avons fait tout le chemin à pied, traînant notre cheval par la bride. Mais quand nous serons de retour en Pologne, nous imaginerons, au moyen de notre science en physique et aidé des lumières de

---

1. *Harpie* : femme méchante ; dans la mythologie grecque, cette divinité à tête de femme et corps d'oiseau est au service des Enfers.
2. *Jambedieu* : exclamation ubuesque empruntée à Rabelais.
3. *Monsieuye* : prononciation des Palotins Pile et Cotice.

nos conseillers, une voiture à vent pour transporter toute l'armée.

COTICE. — Voilà Nicolas Rensky qui se précipite.

PÈRE UBU. — Et qu'a-t-il, ce garçon ?

RENSKY. — Tout est perdu, Sire, les Polonais sont révoltés, Giron est tué et la Mère Ubu est en fuite dans les montagnes.

PÈRE UBU. — Oiseau de nuit, bête de malheur, hibou à guêtres[1] ! Où as-tu pêché ces sornettes ? En voilà d'une autre ! Et qui a fait ça ? Bougrelas, je parie. D'où viens-tu ?

RENSKY. — De Varsovie, noble Seigneur.

PÈRE UBU. — Garçon de ma merdre, si je t'en croyais je ferais rebrousser chemin à toute l'armée. Mais, seigneur garçon, il y a sur tes épaules plus de plumes que de cervelle et tu as rêvé des sottises. Va aux avant-postes, mon garçon, les Russes ne sont pas loin et nous aurons bientôt à estocader[2] de nos armes, tant à merdre qu'à phynances et à physique.

LE GÉNÉRAL LASCY. — Père Ubu, ne voyez-vous pas dans la plaine les Russes ?

PÈRE UBU. — C'est vrai, les Russes ! Me voilà joli. Si encore il y avait moyen de s'en aller, mais pas du tout, nous sommes sur une hauteur et nous serons en butte à tous les coups.

L'ARMÉE. — Les Russes ! L'ennemi !

PÈRE UBU. — Allons, messieurs, prenons nos dispositions pour la bataille. Nous allons rester sur la colline et ne commettrons point la sottise de descendre en bas. Je me tiendrai au milieu comme une citadelle vivante et vous autres graviterez autour de moi. J'ai à vous recommander de mettre

---

1. *Hibou à guêtres* : exclamation ubuesque.
2. *Estocader* : forme verbale ubuesque signifiant se battre. Une estocade est un coup d'épée qui achève un adversaire.

dans les fusils autant de balles qu'ils en pourront tenir, car huit balles peuvent tuer huit Russes et c'est autant que je n'aurai pas sur le dos. Nous mettrons les fantassins à pied au bas de la colline pour recevoir les Russes et les tuer un peu, les cavaliers derrière pour se jeter dans la confusion, et l'artillerie autour du moulin à vent ici présent pour tirer dans le tas. Quant à nous, nous nous tiendrons dans le moulin à vent et tirerons avec le pistolet à phynances par la fenêtre, en travers de la porte nous placerons le bâton à physique, et si quelqu'un essaye d'entrer, gare au croc à merdre !!!

OFFICIERS. — Vos ordres, sire Ubu, seront exécutés.

PÈRE UBU. — Eh ! cela va bien, nous serons vainqueurs. Quelle heure est-il ?

LE GÉNÉRAL LASCY. — Onze heures du matin.

PÈRE UBU. — Alors, nous allons dîner, car les Russes n'attaqueront pas avant midi. Dites aux soldats, Seigneur Général, de faire leurs besoins et d'entonner la Chanson à Finances.

Lascy s'en va.

SOLDATS ET PALOTINS. — Vive le Père Ubu, notre grand Financier ! Ting, ting, ting ; ting, ting, ting ; ting, ting, tating !

PÈRE UBU. — Ô les braves gens, je les adore. (*Un boulet russe arrive et casse l'aile du moulin.*) Ah ! J'ai peur, Sire Dieu, je suis mort ! et cependant non, je n'ai rien.

SCÈNE 4 : LES MÊMES, UN CAPITAINE POUR L'ARMÉE RUSSE.

UN CAPITAINE, *arrivant.* — Sire Ubu, les Russes attaquent.

PÈRE UBU. — Eh bien, après, que veux-tu que j'y fasse ? ce n'est pas moi qui le leur ai dit. Cependant, messieurs des Finances, préparons-nous au combat.

LE GÉNÉRAL LASCY. — Un second boulet !

PÈRE UBU. — Ah ! je n'y tiens plus. Ici il pleut du plomb et du fer, et nous pourrions endommager notre précieuse personne. Descendons.

Tous descendent au pas de course. La bataille vient de s'engager. Ils disparaissent dans des torrents de fumée au pied de la colline.

UN RUSSE, *frappant.* — Pour Dieu et le Czar !

RENSKY. — Ah ! je suis mort.

PÈRE UBU. — En avant ! Ah, toi, monsieur, que je t'attrape, car tu m'as fait mal, entends-tu ? sac à vin ! avec ton flingot[1] qui ne part pas.

LE RUSSE. — Ah ! voyez-vous ça !

Il lui tire un coup de revolver.

PÈRE UBU. — Ah ! Oh ! Je suis blessé, je suis troué, je suis perforé, je suis administré, je suis enterré. Oh, mais tout de même ! Ah ! je le tiens. (*Il le déchire.*) Tiens ! recommenceras-tu, maintenant !

LE GÉNÉRAL LASCY. — En avant, poussons vigoureusement, passons le fossé. La victoire est à nous.

PÈRE UBU. — Tu crois ? Jusqu'ici je sens sur mon front plus de bosses que de lauriers.

CAVALIERS RUSSES. — Hurrah ! Place au Czar !

Le Czar arrive, accompagné de Bordure, déguisé.

UN POLONAIS. — Ah ! Seigneur ! Sauve qui peut, voilà le Czar !

UN AUTRE. — Ah ! mon Dieu ! il passe le fossé.

---

1. *Flingot*: terme populaire désignant un fusil.

UN AUTRE. — Pif! Paf! en voilà quatre d'assommés par ce grand bougre de lieutenant.

BORDURE. — Ah! vous n'avez pas fini, vous autres! Tiens Jean Sobieski[1], voilà ton compte! (*Il l'assomme.*) À d'autres, maintenant!

Il fait un massacre de Polonais.

PÈRE UBU. — En avant, mes amis. Attrapez ce bélître[2]! En compote les Moscovites! La victoire est à nous. Vive l'Aigle rouge!

TOUS. — En avant! Hurrah! Jambedieu! Attrapez le grand bougre.

BORDURE. — Par saint Georges, je suis tombé.

PÈRE UBU, *le reconnaissant.* — Ah! c'est toi, Bordure! Ah! mon ami. Nous sommes bien heureux ainsi que toute la compagnie de te retrouver. Je vais te faire cuire à petit feu. Messieurs des Finances, allumez du feu. Oh! Ah! Oh! Je suis mort. C'est au moins un coup de canon que j'ai reçu. Ah! mon Dieu, pardonnez-moi mes péchés. Oui, c'est bien un coup de canon.

BORDURE. — C'est un coup de pistolet chargé à poudre.

PÈRE UBU. — Ah! tu te moques de moi! Encore! À la pôche[3]!

Il se rue sur lui et le déchire.

LE GÉNÉRAL LASCY. — Père Ubu, nous avançons partout.

PÈRE UBU. — Je le vois bien, je n'en peux plus, je suis criblé de coups de pied, je voudrais m'asseoir par terre. Oh! ma bouteille.

---

1. *Jean Sobieski*: nom emprunté à un roi de Pologne au XVIIIe siècle.
2. *Bélître*: injure désignant un homme de rien.
3. *Pôche*: accentuation ubuesque de la poche d'Ubu, variante de « visiter mes poches » (note 1, p. 16).

Le général Lascy. — Allez prendre celle du Czar, Père Ubu.

Père Ubu. — Eh ! J'y vais de ce pas. Allons ! Sabre à merdre, fais ton office, et toi, croc à finances, ne reste pas en arrière. Que le bâton à physique travaille d'une généreuse émulation[1] et partage avec le petit bout de bois l'honneur de massacrer, creuser et exploiter l'Empereur moscovite. En avant, monsieur notre cheval à finances !

Il se rue sur le Czar.

Un officier russe. — En garde, Majesté !

Père Ubu. — Tiens, toi ! Oh ! aïe ! Ah ! mais tout de même. Ah ! monsieur, pardon, laissez-moi tranquille. Oh ! mais, je n'ai pas fait exprès !

Il se sauve, le Czar le poursuit.

Père Ubu. — Sainte Vierge, cet enragé me poursuit ! Qu'ai-je fait, grand Dieu ! Ah ! bon, il y a encore le fossé à repasser. Ah ! je le sens derrière moi et le fossé devant ! Courage, fermons les yeux !

Il saute le fossé. Le Czar y tombe.

Le czar. — Bon, je suis dedans !

Polonais. — Hurrah ! le Czar est à bas !

Père Ubu. — Ah ! j'ose à peine me retourner ! Il est dedans. Ah ! c'est bien fait et on tape dessus. Allons, Polonais, allez-y à tour de bras, il a bon dos, le misérable ! Moi, je n'ose pas le regarder ! Et cependant notre prédiction s'est complètement réalisée, le bâton à physique a fait merveilles et nul doute que je ne l'eusse complètement tué si une inexplicable terreur n'était venue combattre et annuler en nous les effets de notre

1. *Émulation*: sentiment amenant une personne à vouloir en surpasser une autre. Le Père Ubu s'encourage en parlant à ses armes.

courage. Mais nous avons dû soudainement tourner casaque[1], et nous n'avons dû notre salut qu'à notre habileté comme cavalier ainsi qu'à la solidité des jarrets de notre cheval à finances, dont la rapidité n'a d'égale que la solidité et dont la légèreté fait la célébrité, ainsi qu'à la profondeur du fossé qui s'est trouvé fort à propos sous les pas de l'ennemi de nous l'ici présent Maître des Phynances. Tout ceci est fort beau, mais personne ne m'écoute. Allons ! bon, ça recommence !

Les dragons russes font une charge et délivrent le Czar.

LE GÉNÉRAL LASCY. — Cette fois, c'est la débandade.

PÈRE UBU. — Ah ! voici l'occasion de se tirer des pieds[2]. Or donc, messieurs les Polonais, en avant ! ou plutôt en arrière !

POLONAIS. — Sauve qui peut !

PÈRE UBU. — Allons ! en route. Quel tas de gens, quelle fuite, quelle multitude, comment me tirer de ce gâchis ? (*Il est bousculé.*) Ah ! mais toi ! fais attention, ou tu vas expérimenter la bouillante valeur du Maître des Phynances. Ah ! il est parti, sauvons-nous et vivement pendant que Lascy ne nous voit pas.

Il sort, ensuite on voit passer le Czar
et l'armée russe poursuivant les Polonais.

SCÈNE 5 : PÈRE UBU, PILE, COTICE.

Une caverne en Lituanie. Il neige.

PÈRE UBU. — Ah ! le chien de temps, il gèle à pierre à fendre et la personne du Maître des Finances s'en trouve fort endommagée.

---

1. *Tourner casaque* : fuir.
2. *Se tirer des pieds* : fuir.

PILE. — Hon ! Monsieuye Ubu, êtes-vous remis de votre terreur et de votre fuite ?

PÈRE UBU. — Oui ! Je n'ai plus peur, mais j'ai encore la fuite[1].

COTICE, *à part.* — Quel pourceau !

PÈRE UBU. — Eh ! sire Cotice, votre oneille, comment va-t-elle ?

COTICE. — Aussi bien, Monsieuye, qu'elle peut aller tout en allant très mal. Par conséiquent de quoye[2], le plomb la penche vers la terre et je n'ai pu extraire la balle.

PÈRE UBU. — Tiens, c'est bien fait ! Toi, aussi, tu voulais toujours taper les autres. Moi j'ai déployé la plus grande valeur, et sans m'exposer j'ai massacré quatre ennemis de ma propre main, sans compter tous ceux qui étaient déjà morts et que nous avons achevés.

COTICE. — Savez-vous, Pile, ce qu'est devenu le petit Rensky ?

PILE. — Il a reçu une balle dans la tête.

PÈRE UBU. — Ainsi que le coquelicot et le pissenlit à la fleur de leur âge sont fauchés par l'impitoyable faux de l'impitoyable faucheur qui fauche impitoyablement leur pitoyable binette, – ainsi le petit Rensky a fait le coquelicot, il s'est fort bien battu cependant, mais aussi il y avait trop de Russes.

PILE ET COTICE. — Hon ! Monsieuye !

UN ÉCHO. — Hhrron !

PILE. — Qu'est-ce ? Armons-nous de nos lumelles[3].

---

1. *J'ai encore la fuite*: jeu de mots ubuesque. La fuite d'Ubu se confond ici avec la fuite de liquides corporels, provoquée par sa peur.
2. *Par conséiquent de quoye*: prononciation du Palotin Cotice.
3. *Lumelles*: lame, dans *Le cinquième livre* de Rabelais. On retrouve cette lumelle dans *LA CHANSON DU DÉCERVELAGE.*

Père Ubu. — Ah ! non ! par exemple, encore des Russes, je parie ! J'en ai assez ! et puis c'est bien simple, s'ils m'attrapent ji lon fous à la poche.

SCÈNE 6 : Les mêmes.

Entre un ours.

Cotice. — Hon, Monsieuye des Finances !

Père Ubu. — Oh ! tiens, regardez donc le petit toutou. Il est gentil, ma foi.

Pile. — Prenez garde ! Ah ! quel énorme ours : mes cartouches !

Père Ubu. — Un ours ! Ah ! l'atroce bête. Oh ! pauvre homme, me voilà mangé. Que Dieu me protège. Et il vient sur moi. Non, c'est Cotice qu'il attrape. Ah ! je respire.

L'ours se jette sur Cotice. Pile l'attaque à coups de couteau. Ubu se réfugie sur un rocher.

Cotice. — À moi, Pile ! à moi ! au secours, Monsieuye Ubu !

Père Ubu. — Bernique[1] ! Débrouille-toi, mon ami ; pour le moment, nous faisons notre *Pater Noster*. Chacun son tour d'être mangé.

Pile. — Je l'ai, je le tiens.

Cotice. — Ferme, ami, il commence à me lâcher.

Père Ubu. — *Sanctificetur nomen tuum*[2].

Cotice. — Lâche bougre !

---

1. *Bernique* : expression familière exprimant un espoir mal fondé.
2. *Sanctificetur nomen tuum* : Que ton nom soit sanctifié.

PILE. — Ah ! il me mord ! Ô Seigneur, sauvez-nous, je suis mort.

PÈRE UBU. — *Fiat voluntas tua*[1] !

COTICE. — Ah ! j'ai réussi à le blesser

PILE. — Hurrah ! il perd son sang.

Au milieu des cris des Palotins, l'ours beugle de douleur et Ubu continue à marmotter.

COTICE. — Tiens-le ferme, que j'attrape mon coup-de-poing explosif.

PÈRE UBU. — *Panem nostrum quotidianum da nobis hodie*[2].

PILE. — L'as-tu enfin, je n'en peux plus.

PÈRE UBU. — *Sicut et nos dimittimus debitoribus nostris*[3].

COTICE. — Ah ! je l'ai.

Une explosion retentit et l'ours tombe mort.

PILE ET COTICE. — Victoire !

PÈRE UBU. — *Sed libera nos a malo*[4]. Amen. Enfin, est-il bien mort ? Puis-je descendre de mon rocher ?

PILE, *avec mépris.* — Tant que vous voudrez.

PÈRE UBU, *descendant.* — Vous pouvez vous flatter que si vous êtes encore vivants et si vous foulez encore la neige de Lithuanie, vous le devez à la vertu magnanime du Maître des Finances, qui s'est évertué, échiné et égosillé à débiter des patenôtres[5] pour votre salut, et qui a manié avec autant de

---

1. *Fiat voluntas tu* : Que ta volonté soit faite.
2. *Panem nostrum quotidianum da nobis hodie* : Donne-nous aujourd'hui notre pain de ce jour.
3. *Sicut et nos dimittimus debitoribus nostris* : Comme nous pardonnons aussi à ceux qui nous ont offensés.
4. *Sed libera nos a malo* : Mais délivre-nous du mal.
5. *Patenôtres* : prières.

courage le glaive spirituel de la prière que vous avez manié avec adresse le temporel de l'ici présent Palotin Cotice coup-de-poing explosif. Nous avons même poussé plus loin notre dévouement, car nous n'avons pas hésité à monter sur un rocher fort haut pour que nos prières aient moins loin à arriver au ciel.

Pile. — Révoltante bourrique.

Père Ubu. — Voici une grosse bête. Grâce à moi, vous avez de quoi souper. Quel ventre, messieurs ! Les Grecs y auraient été plus à l'aise que dans le cheval de bois[1], et peu s'en est fallu, chers amis, que nous n'ayons pu aller vérifier de nos propres yeux sa capacité intérieure.

Pile. — Je meurs de faim. Que manger ?

Cotice. — L'ours !

Père Ubu. — Eh ! pauvres gens, allez-vous le manger tout cru ? Nous n'avons rien pour faire du feu.

Pile. — N'avons-nous pas nos pierres à fusil ?

Père Ubu. — Tiens, c'est vrai. Et puis, il me semble que voilà non loin d'ici un petit bois où il doit y avoir des branches sèches. Va en chercher, sire Cotice.

Cotice s'éloigne à travers la neige.

Pile. — Et maintenant, sire Ubu, allez dépecer l'ours.

---

1. *Le cheval de bois*: allusion à un célèbre épisode de l'*Odyssée* d'Homère : Après avoir vainement assiégé Troie pendant dix ans, les Grecs ont construit un cheval géant en bois creux, dans lequel se cachent des soldats menés par Ulysse. Ce cheval est alors offert en cadeau aux Troyens, qui le laissent pénétrer dans l'enceinte de la ville. Un fois à l'intérieur, les Grecs s'échappent du cheval et pillent la ville : tous les hommes sont tués, les femmes et les enfants emmenés comme esclaves.

PÈRE UBU. — Oh non ! Il n'est peut-être pas mort. Tandis que toi, qui es déjà à moitié mangé et mordu de toutes parts, c'est tout à fait dans ton rôle. Je vais allumer du feu en attendant qu'il apporte du bois.

Pile commence à dépecer l'ours.

PÈRE UBU. — Oh ! prends garde ! il a bougé.

PILE. — Mais, sire Ubu, il est déjà tout froid.

PÈRE UBU. — C'est dommage, il aurait mieux valu le manger chaud. Ceci va procurer une indigestion au Maître des Finances.

PILE, *à part.* — C'est révoltant. (*Haut.*) Aidez-nous un peu, monsieur Ubu, je ne puis faire toute la besogne.

PÈRE UBU. — Non, je ne veux rien faire, moi ! Je suis fatigué, bien sûr !

COTICE, *rentrant.* — Quelle neige, mes amis, on se dirait en Castille ou au pôle Nord. La nuit commence à tomber. Dans une heure il fera noir. Hâtons-nous pour voir encore clair.

PÈRE UBU. — Oui, entends-tu, Pile ? hâte-toi. Hâtez-vous tous les deux ! Embrochez la bête, cuisez la bête, j'ai faim, moi !

PILE. — Ah ! c'est trop fort, à la fin ! Il faudra travailler ou bien tu n'auras rien, entends-tu, goinfre !

PÈRE UBU. — Oh ! ça m'est égal, j'aime autant le manger tout cru, c'est vous qui serez attrapés. Et puis, j'ai sommeil, moi !

COTICE. — Que voulez-vous, Pile ? Faisons le dîner tout seuls. Il n'en aura pas. Voilà tout. Ou bien on pourra lui donner les os.

PILE. — C'est bien. Ah, voilà le feu qui flambe.

PÈRE UBU. — Oh ! C'est bon ça, il fait chaud maintenant. Mais je vois des Russes partout. Quelle fuite, grand Dieu ! Ah !

Il tombe endormi.

Cotice. — Je voudrais savoir si ce que disait Rensky est vrai, si la Mère Ubu est vraiment détrônée. Ça n'aurait rien d'impossible.

Pile. — Finissons de faire le souper.

Cotice. — Non, nous avons à parler de choses plus importantes. Je pense qu'il serait bon de nous enquérir de la véracité de ces nouvelles.

Pile. — C'est vrai, faut-il abandonner le Père Ubu ou rester avec lui ?

Cotice. — La nuit porte conseil. Dormons, nous verrons demain ce qu'il faut faire.

Pile. — Non, il vaut mieux profiter de la nuit pour nous en aller.

Cotice. — Partons, alors.

Ils partent.

SCÈNE 7

Père Ubu *parle en dormant.* — Ah ! Sire Dragon russe, faites attention, ne tirez pas par ici, il y a du monde. Ah ! voilà Bordure, qu'il est mauvais, on dirait un ours. Et Bougrelas qui vient sur moi ! L'ours, l'ours ! Ah ! le voilà à bas ! Qu'il est dur, grand Dieu ! Je ne veux rien faire, moi ! Va-t'en, Bougrelas ! Entends-tu, drôle ? Voilà Rensky maintenant, et le Czar ! Oh ! ils vont me battre. Et la Rbue[1] ! Où as-tu pris tout cet or ? Tu m'as pris mon or, misérable, tu as été farfouiller dans mon tombeau qui est dans la cathédrale de Varsovie, près de la Lune. Je suis mort depuis longtemps, moi, c'est Bougrelas qui m'a tué et je suis enterré à Varsovie près de Vladislas le

1. *Rbue*: contraction péjorative de Mère Ubu.

Grand[1], et aussi à Cracovie près de Jean Sigismond, et aussi à Thorn dans la casemate avec Bordure ! Le voilà encore. Mais va-t'en, maudit ours. Tu ressembles à Bordure. Entends-tu, bête de Satan ? Non, il n'entend pas, les Salopins lui ont coupé les oneilles. Décervelez, tudez[2], coupez les oneilles, arrachez la finance et buvez jusqu'à la mort, c'est la vie des Salopins, c'est le bonheur du Maître des Finances.

Il se tait et dort.

---

1. *Vladislas le Grand*: allusion possible à Ladislas le Grand, mentionné au début du présent acte.
2. *Tudez*: « tuez » dans une forme ancienne du français.

ACTE V

SCÈNE 1 : PÈRE UBU, MÈRE UBU.

Il fait nuit. Le Père Ubu dort.
Entre la Mère Ubu sans le voir. L'obscurité est complète.

MÈRE UBU. — Enfin, me voilà à l'abri. Je suis seule ici, ce n'est pas dommage, mais quelle course effrénée. — traverser toute la Pologne en quatre jours ! tous les malheurs m'ont assaillie à la fois. Aussitôt partie cette grosse bourrique, je vais à la crypte m'enrichir. Bientôt après je manque d'être lapidée par ce Bougrelas et ces enragés. Je perds mon cavalier le Palotin Giron qui était si amoureux de mes attraits qu'il se pâmait d'aise en me voyant, et même, m'a-t-on assuré, en ne me voyant pas, ce qui est le comble de la tendresse. Il se serait fait couper en deux pour moi, le pauvre garçon. La preuve, c'est qu'il a été coupé en quatre par Bougrelas. Pif paf pan ! Ah ! je pense mourir. Ensuite donc je prends la fuite, poursuivie par la foule en fureur. Je quitte le palais, j'arrive à la Vistule, tous les ponts étaient gardés. Je passe le fleuve à la nage, espérant ainsi laisser mes persécuteurs. De tous côtés la noblesse se rassemble et me poursuit. Je manque mille fois périr, étouffée dans un cercle de Polonais acharnés à me perdre. Enfin je trompai leur fureur, et après quatre jours de courses dans la neige de ce qui fut mon royaume j'arrive me réfugier ici. Je n'ai ni bu ni mangé ces quatre jours. Bougrelas me serrait de près... Enfin, me voilà sauvée. Ah ! je suis morte de fatigue et de froid. Mais je voudrais bien savoir ce qu'est devenu mon gros polichinelle[1], je veux dire mon très respectable époux. Lui en ai-je pris, de la finance. Lui en ai-je volé, des rixdales.

1. *Polichinelle*: personnage laid et ridicule de la commedia dell'arte.

Lui en ai-je tiré, des carottes. Et son cheval à finances qui mourait de faim. — il ne voyait pas souvent d'avoine, le pauvre diable. Ah ! la bonne histoire. Mais hélas ! J'ai perdu mon trésor ! Il est à Varsovie, ira le chercher qui le voudra.

PÈRE UBU, *commençant à se réveiller.* — Attrapez la Mère Ubu, coupez les oneilles !

MÈRE UBU. — Ah ! Dieu ! Où suis-je ? Je perds la tête. Ah ! non, Seigneur !

« Grâce au ciel j'entrevoi
monsieur le Père Ubu qui dort auprès de moi[1]. »

Faisons la gentille. Eh bien, mon gros bonhomme, as-tu bien dormi ?

PÈRE UBU. — Fort mal ! Il était bien dur cet ours ! Combat des voraces contre les coriaces[2], mais les voraces ont complètement mangé et dévoré les coriaces, comme vous le verrez quand il fera jour ; entendez-vous, nobles Palotins !

MÈRE UBU. — Qu'est-ce qu'il bafouille ? Il est encore plus bête que quand il est parti. À qui en a-t-il ?

PÈRE UBU. — Cotice, Pile, répondez-moi, sac à merdre ! Où êtes-vous ? Ah ! j'ai peur. Mais enfin on a parlé. Qui a parlé ? Ce n'est pas l'ours, je suppose. Merdre ! Où sont mes allumettes ? Ah ! je les ai perdues à la bataille.

MÈRE UBU, *à part.* — Profitons de la situation et de la nuit, simulons une apparition surnaturelle et faisons-lui promettre de nous pardonner nos larcins.

---

1. Parodie des vers suivants, extraits de la pièce *Andromaque* (1667), de Jean Racine :
   « Grâce au ciel j'entrevoi
   Dieux ! Quels ruisseaux de sang coulent autour de moi. »
   (Acte V, scène 5)
2. *Combat des voraces contre les coriaces* : parodie de la tragédie *Horace* (1640) de Pierre Corneille, qui oppose les Horaces aux Curiaces.

Père Ubu. — Mais, par saint Antoine ! on parle. Jambedieu ! Je veux être pendu !

Mère Ubu, *grossissant sa voix.* — Oui, monsieur Ubu, on parle, en effet, et la trompette de l'archange qui doit tirer les morts de la cendre et de la poussière finale ne parlerait pas autrement ! Écoutez cette voix sévère. C'est celle de saint Gabriel[1] qui ne peut donner que de bons conseils.

Père Ubu. — Oh ! ça, en effet !

Mère Ubu. — Ne m'interrompez pas ou je me tais et c'en sera fait de votre giborgne[2] !

Père Ubu. — Ah ! ma gidouille[3] ! Je me tais, je ne dis plus mot. Continuez, madame l'Apparition !

Mère Ubu. — Nous disions, monsieur Ubu, que vous étiez un gros bonhomme !

Père Ubu. — Très gros, en effet, ceci est juste.

Mère Ubu. — Taisez vous, de par Dieu !

Père Ubu. — Oh ! les anges ne jurent pas !

Mère Ubu, *à part.* — Merdre ! (*continuant.*) Vous êtes marié, monsieur Ubu.

Père Ubu. — Parfaitement, à la dernière des chipies !

Mère Ubu. — Vous voulez dire que c'est une femme charmante.

Père Ubu. — Une horreur. Elle a des griffes partout, on ne sait par où la prendre.

---

1. *Saint Gabriel*: ange qui annonce, selon l'Évangile, les naissances de Jean-Baptiste et de Jésus.
2. *Giborgne*: synonyme du ventre d'Ubu.
3. *Gidouille*: synonyme du ventre d'Ubu. La gidouille, qu'on retrouve à la fin de la pièce dans *La chanson du décervelage*, est aussi le onzième mois du Calendrier Pataphysique perpétuel.

Mère Ubu. — Il faut la prendre par la douceur, sire Ubu, et si vous la prenez ainsi vous verrez qu'elle est au moins l'égale de la Vénus de Capoue[1].

Père Ubu. — Qui dites-vous qui a des poux?

Mère Ubu. — Vous n'écoutez pas, monsieur Ubu; prêtez-nous une oreille plus attentive. (*À part.*) Mais hâtons-nous, le jour va se lever. – Monsieur Ubu, votre femme est adorable et délicieuse, elle n'a pas un seul défaut.

Père Ubu. — Vous vous trompez, il n'y a pas un défaut qu'elle ne possède.

Mère Ubu. — Silence donc! Votre femme ne vous fait pas d'infidélités!

Père Ubu. — Je voudrais bien voir qui pourrait être amoureux d'elle. C'est une harpie!

Mère Ubu. — Elle ne boit pas!

Père Ubu. — Depuis que j'ai pris la clef de la cave. Avant, à sept heures du matin elle était ronde et elle se parfumait à l'eau-de-vie. Maintenant qu'elle se parfume à l'héliotrope[2] elle ne sent pas plus mauvais. Ça m'est égal. Mais maintenant il n'y a plus que moi à être rond!

Mère Ubu. — Sot personnage! – Votre femme ne vous prend pas votre or.

Père Ubu. — Non, c'est drôle!

Mère Ubu. — Elle ne détourne pas un sou!

Père Ubu. — Témoin monsieur notre noble et infortuné cheval à phynances, qui, n'étant pas nourri depuis trois mois, a dû faire la campagne entière traîné par la bride à travers l'Ukraine. Aussi est-il mort à la tâche, la pauvre bête!

---

1. *Vénus de Capoue*: Vénus est la déesse romaine de l'amour et de la beauté.
2. *Héliotrope*: plante à fleurs blanches et odorantes.

Mère Ubu. — Tout ceci sont[1] des mensonges, votre femme est un modèle et vous quel monstre vous faites !

Père Ubu. — Tout ceci sont des vérités. Ma femme est une coquine et vous quelle andouille vous faites !

Mère Ubu. — Prenez garde, Père Ubu.

Père Ubu. — Ah ! c'est vrai, j'oubliais à qui je parlais. Non, je n'ai pas dit ça !

Mère Ubu. — Vous avez tué Venceslas.

Père Ubu. — Ce n'est pas ma faute, moi, bien sûr. C'est la Mère Ubu qui a voulu.

Mère Ubu. — Vous avez fait mourir Boleslas et Ladislas.

Père Ubu. — Tant pis pour eux ! Ils voulaient me taper !

Mère Ubu. — Vous n'avez pas tenu votre promesse envers Bordure et plus tard vous l'avez tué.

Père Ubu. — J'aime mieux que ce soit moi que lui qui règne en Lithuanie. Pour le moment ça n'est ni l'un ni l'autre. Ainsi vous voyez que ça n'est pas moi.

Mère Ubu. — Vous n'avez qu'une manière de vous faire pardonner tous vos méfaits.

Père Ubu. — Laquelle ? Je suis tout disposé à devenir un saint homme, je veux être évêque et voir mon nom sur le calendrier[2].

Mère Ubu. — Il faut pardonner à la Mère Ubu d'avoir détourné un peu d'argent.

Père Ubu. — Eh bien, voilà ! Je lui pardonnerai quand elle m'aura rendu tout, qu'elle aura été bien rossée et qu'elle aura ressuscité mon cheval à finances.

---

1. *Tout ceci sont* : la faute d'accord est peut-être liée à la nervosité de Mère Ubu.
2. Chaque jour du calendrier romain est associé à un ou plusieurs saints.

Mère Ubu. — Il en est toqué de son cheval ! Ah ! je suis perdue, le jour se lève.

Père Ubu. — Mais enfin je suis content de savoir maintenant assurément que ma chère épouse me volait. Je le sais maintenant de source sûre. *Omnis a Deo scientia*, ce qui veux dire : *Omnis*, toute ; *a Deo*, science ; *scientia*, vient de Dieu. Voilà l'explication du phénomène. Mais madame l'Apparition ne dit plus rien. Que ne puis-je lui offrir de quoi se réconforter. Ce qu'elle disait était très amusant. Tiens, mais il fait jour ! Ah ! Seigneur, de par mon cheval à finances, c'est la Mère Ubu !

Mère Ubu, *effrontément.* — Ça n'est pas vrai, je vais vous ex'communier[1].

Père Ubu. — Ah ! charogne !

Mère Ubu. — Quelle impiété.

Père Ubu. — Ah ! c'est trop fort. Je vois bien que c'est toi, sotte chipie ! Pourquoi diable es-tu ici ?

Mère Ubu. — Giron est mort et les Polonais m'ont chassée.

Père Ubu. — Et moi, ce sont les Russes qui m'ont chassé. – les beaux esprits se rencontrent.

Mère Ubu. — Dis donc qu'un bel esprit a rencontré une bourrique !

Père Ubu. — Ah ! eh bien, il va rencontrer un palmipède maintenant.

Il lui jette l'ours.

Mère Ubu, *tombant accablée sous le poids de l'ours.* — Ah ! grand Dieu ! Quelle horreur ! Ah ! je meurs ! J'étouffe ! il me mort ! Il m'avale ! il me digère !

---

1. *Ex'communier* : graphie ubuesque, qui permet d'insister sur l'exclusion.

Père Ubu. — Il est mort ! grotesque. Oh ! mais, au fait, peut-être que non ! Ah ! Seigneur ! non, il n'est pas mort, sauvons-nous. (*Remontant sur son rocher.*) *Pater noster qui es...*

Mère Ubu, *se débarrassant.* — Tiens ! où est-il ?

Père Ubu. — Ah ! Seigneur ! la voilà encore ! Sotte créature, il n'y a donc pas moyen de se débarrasser d'elle. Est-il mort, cet ours ?

Mère Ubu. — Eh oui, sotte bourrique, il est déjà tout froid. Comment est-il venu ici ?

Père Ubu, *confus.* — Je ne sais pas. Ah ! si, je sais ! Il a voulu manger Pile et Cotice et moi je l'ai tué d'un coup de *Pater Noster.*

Mère Ubu. — Pile, Cotice, *Pater Noster.* Qu'est-ce que c'est que ça ? Il est fou, ma finance !

Père Ubu. — C'est très exact ce que je dis ! Et toi tu es idiote, ma giborgne !

Mère Ubu. — Raconte-moi ta campagne, Père Ubu.

Père Ubu. — Oh ! dame, non ! C'est trop long. Tout ce que je sais, c'est que malgré mon incontestable vaillance tout le monde m'a battu.

Mère Ubu. — Comment, même les Polonais ?

Père Ubu. — Ils criaient : Vive Venceslas et Bougrelas. J'ai cru qu'on voulait m'écarteler. Oh ! les enragés ! Et puis ils ont tué Rensky !

Mère Ubu. — Ça m'est bien égal ! Tu sais que Bougrelas a tué le Palotin Giron !

Père Ubu. — Ça m'est bien égal ! Et puis ils ont tué le pauvre Lascy !

Mère Ubu. — Ça m'est bien égal !

Père Ubu. — Oh ! mais tout de même, arrive ici, charogne ! Mets-toi à genoux devant ton maître (*il l'empoigne et la jette à genoux*), tu vas subir le dernier supplice.

Mère Ubu. — Ho, ho, monsieur Ubu !

Père Ubu. — Oh ! oh ! oh ! après, as-tu fini ? Moi je commence : torsion du nez, arrachement des cheveux, pénétration du petit bout de bois dans les oneilles, extraction de la cervelle par les talons, lacération du postérieur, suppression partielle ou même totale de la moelle épinière (*si au moins ça pouvait lui ôter les épines du caractère*), sans oublier l'ouverture de la vessie natatoire[1] et finalement la grande décollation renouvelée de saint Jean-Baptiste, le tout tiré des très saintes Écritures, tant de l'Ancien que du Nouveau Testament, mis en ordre, corrigé et perfectionné par l'ici présent Maître des Finances ! Ça te va-t-il, andouille ?

Il la déchire.

Mère Ubu. — Grâce, monsieur Ubu !

Grand bruit à l'entrée de la caverne.

SCÈNE 2 : Les mêmes, Bougrelas se ruant dans la caverne avec ses soldats.

Bougrelas. — En avant, mes amis ! Vive la Pologne !

Père Ubu. — Oh ! oh ! attends un peu, monsieur le Polognard[2]. Attends que j'en aie fini avec madame ma moitié !

Bougrelas, *le frappant.* — Tiens, lâche, gueux, sacripant, mécréant, musulman !

---

1. *Vessie natatoire* : sac membraneux des poissons leur permettant de régler leur équilibre dans l'eau.
2. *Polognard* : insulte dérivée de « Polonais ».

Père Ubu, *ripostant.* — Tiens ! Polognard, soûlard, bâtard, hussard[1], tartare[2], calard[3], cafard[4], mouchard, savoyard[5], communard[6] !

Mère Ubu, *le battant aussi.* — Tiens, capon[7], cochon, félon, histrion[8], fripon, souillon, polochon !

Les soldats se ruent sur les Ubs
qui se défendent de leur mieux.

Père Ubu. — Dieu ! quels renfoncements[9] !

Mère Ubu. — On a des pieds[10], messieurs les Polonais.

Père Ubu. — De par ma chandelle verte, ça va-t-il finir, à la fin de la fin ? Encore un ! Ah ! si j'avais ici mon cheval à phynances !

Bougrelas. — Tapez, tapez toujours !

Voix au dehors. — Vive le Père Ubé, notre grand financier !

Père Ubu. — Ah ! les voilà. Hurrah ! Voilà les Pères Ubus[11]. En avant, arrivez, on a besoin de vous, messieurs des Finances !

Entrent les Palotins, qui se jettent dans la mêlée.

Cotice. — À la porte, les Polonais !

Pile. — Hon ! nous nous revoyons, Monsieuye des Finances. En avant, poussez vigoureusement, gagnez la porte, une fois dehors il n'y aura plus qu'à se sauver.

---

1. *Hussard* : soldat de la cavalerie légère, jugé sans envergure.
2. *Tartare* : peuple d'Asie centrale (Turcs et Mongols).
3. *Calard* : exclamation ubuesque.
4. *Cafard* : personne qui dénonce sournoisement les autres.
5. *Savoyard* : habitant de la Savoie.
6. *Communard* : partisan de la Commune de Paris, en 1871.
7. *Capon* : poltron, lâche.
8. *Histrion* : acteur bouffon.
9. *Renfoncements* : niches dans la grotte empêchant Ubu de fuir.
10. *On a des pieds* : expression montrant le courage de la Mère Ubu.
11. *Les Pères Ubus* : Palotins partisans d'Ubu.

Père Ubu. — Oh ! ça, c'est mon plus fort. Ô comme il tape.

Bougrelas. — Dieu ! je suis blessé.

Stanislas Leczinski. — Ce n'est rien, Sire.

Bougrelas. — Non, je suis seulement étourdi.

Jean Sobieski. — Tapez, tapez toujours, ils gagnent la porte, les gueux.

Cotice. — On approche, suivez le monde. Par conséiquent de quoye, je vois le ciel.

Pile. — Courage, sire Ubu !

Père Ubu. — Ah ! J'en fais dans ma culotte. En avant cornegidouille ! Tudez, saignez, écorchez, massacrez, corne d'Ubu ! Ah ! ça diminue !

Cotice. — Il n'y en a plus que deux à garder la porte.

Père Ubu, *les assommant à coups d'ours.* — Et d'un, et de deux ! Ouf ! me voilà dehors ! Sauvons-nous ! suivez, les autres, et vivement !

SCÈNE 3 : Les Ubs et leur suite en fuite.

La scène représente la province de Livonie[1] *couverte de neige.*

Père Ubu. — Ah ! je crois qu'ils ont renoncé à nous attraper.

Mère Ubu. — Oui, Bougrelas est allé se faire couronner.

Père Ubu. — Je ne la lui envie pas, sa couronne.

Mère Ubu. — Tu as bien raison, Père Ubu.

Ils disparaissent dans le lointain.

---

1. *Livonie* : territoire correspondant aujourd'hui à la Lettonie et à l'Estonie.

SCÈNE 4 : PÈRE UBU et toute sa bande.

Le pont d'un navire courant au plus près sur la Baltique. Sur le pont le Père Ubu et toute sa bande.

LE COMMANDANT. — Ah ! quelle belle brise.

PÈRE UBU. — Il est de fait que nous filons avec une rapidité qui tient du prodige. Nous devons faire au moins un million de nœuds à l'heure, et ces nœuds ont ceci de bon qu'une fois faits ils ne se défont pas. Il est vrai que nous avons vent arrière.

PILE. — Quel triste imbécile.

Une risée[1] *arrive, le navire couche et blanchit la mer.*

PÈRE UBU. — Oh ! Ah ! Dieu ! nous voilà chavirés. Mais il va tout de travers, il va tomber, ton bateau.

LE COMMANDANT. — Tout le monde sous le vent, bordez la misaine[2] !

PÈRE UBU. — Ah ! mais non, par exemple ! Ne vous mettez pas tous du même côté ! C'est imprudent ça. Et supposez que le vent vienne à changer de côté. – tout le monde irait au fond de l'eau et les poissons nous mangeront.

LE COMMANDANT. — N'arrivez pas, serrez près et plein !

PÈRE UBU. — Si ! Si ! Arrivez. Je suis pressé, moi ! Arrivez, entendez-vous ! C'est ta faute, brute de capitaine, si nous n'arrivons pas. Nous devrions être arrivés. Oh oh, mais je vais commander, moi, alors ! Pare à virer ! À Dieu vat. Mouillez, virez vent devant, virez vent arrière. Hissez les voiles, serrez les voiles, la barre dessus, la barre dessous, la barre à côté. Vous

1. *Risée* : rafale.
2. *Bordez la misaine* : terme de marins signifiant tendre la voile basse située à l'avant du navire.

voyez, ça va très bien. Venez en travers à la lame[1] et alors ce sera parfait.

Tous se tordent, la brise fraîchit.

Le commandant. — Amenez le grand foc, prenez un ris aux huniers[2].

Père Ubu. — Ceci n'est pas mal, c'est même bon ! Entendez-vous, monsieur l'Équipage ? amenez le grand coq et allez faire un tour dans les pruniers.

Plusieurs agonisent de rire. Une lame embarque.

Père Ubu. — Oh ! quel déluge ! Ceci est un effet des manœuvres que nous avons ordonnées.

Mère Ubu et Pile. — Délicieuse chose que la navigation !

Deuxième lame embarque.

Pile, *inondé.* — Méfiez-vous de Satan et de ses pompes.

Père Ubu. — Sire garçon, apportez-nous à boire.

Tous s'installent à boire.

Mère Ubu. — Ah ! quel délice de revoir bientôt la douce France, nos vieux amis et notre château de Mondragon !

Père Ubu. — Eh ! nous y serons bientôt. Nous arrivons à l'instant sous le château d'Elseneur[3].

Pile. — Je me sens ragaillardi à l'idée de revoir ma chère Espagne.

Cotice. — Oui, et nous éblouirons nos compatriotes des récits de nos aventures merveilleuses.

---

1. *Lame* : vague.
2. *Amenez le grand foc, prenez un ris aux huniers* : ordres relatifs aux voiles du navire.
3. *Château d'Elseneur* : château du Danemark où Shakespeare a situé l'action de sa pièce *Hamlet*.

Père Ubu. — Oh! ça évidemment! Et moi je me ferai nommer Maître des Finances à Paris.

Mère Ubu. — C'est cela! Ah! quelle secousse!

Cotice. — Ce n'est rien, nous venons de doubler la pointe d'Elseneur.

Pile. — Et maintenant notre noble navire s'élance à toute vitesse sur les sombres lames de la mer du Nord.

Père Ubu. — Mer farouche et inhospitalière qui baigne le pays appelé Germanie, ainsi nommé parce que les habitants de ce pays sont tous cousins germains.

Mère Ubu. — Voilà ce que j'appelle de l'érudition. On dit ce pays fort beau.

Père Ubu. — Ah! messieurs! si beau qu'il soit il ne vaut pas la Pologne. S'il n'y avait pas de Pologne il n'y aurait pas de Polonais!

Et maintenant, comme vous avez bien écouté et vous êtes tenus tranquilles, on va vous chanter

LA CHANSON DU DÉCERVELAGE

Je fus pendant longtemps ouvrier ébéniste,
Dans la ru'du Champ d'Mars, d'la paroiss' de Toussaints.
Mon épouse exerçait la profession d'modiste,
    Et nous n'avions jamais manqué de rien. —
    Quand le dimanch' s'annonçait sans nuage,
    Nous exhibions nos beaux accoutrements
    Et nous allions voir le décervelage
    Ru' d'l'Échaudé, passer un bon moment.
        Voyez, voyez la machin' tourner,
        Voyez, voyez la cervell' sauter,
        Voyez, voyez les Rentiers trembler;

Chœur. — Hourra, cornes-au-cul, vive le Père Ubu!

Nos deux marmots chéris, barbouillés d'confitures,
Brandissant avec joi' des poupins[1] en papier,
Avec nous s'installaient sur le haut d'la voiture
    Et nous roulions gaîment vers l'Échaudé. —
    On s'précipite en foule à la barrière,
    On s'fich' des coups pour être au premier rang;
    Moi je m'mettais toujours sur un tas d'pierres
    Pour pas salir mes godillots[2] dans l'sang.
        Voyez, voyez la machin'tourner,
        Voyez, voyez la cervell'sauter,
        Voyez, voyez les Rentiers trembler;

Chœur. — Hourra, cornes-au-cul, vive le Père Ubu!

Bientôt ma femme et moi nous somm's tout blancs d'cervelle,
Les marmots en boulott'nt[3] et tous nous trépignons
En voyant l'Palotin qui brandit sa lumelle,
    Et les blessur's et les numéros d'plomb. —
    Soudain j'perçois dans l'coin, près d'la machine,
    La gueul' d'un bonz'[4] qui n'm'revient qu'à moitié.
    Mon vieux, que j'dis, je r'connais ta bobine,
    Tu m'as volé, c'est pas moi qui t'plaindrai.
        Voyez, voyez la machin' tourner,
        Voyez, voyez la cervell' sauter,
        Voyez, voyez les Rentiers trembler;

Chœur. — Hourra, cornes-au-cul, vive le Père Ubu!

---

1. *Poupins*: nominalisation ubuesque de l'adjectif « poupin » (qui a les traits d'une poupée).
2. *Godillots*: chaussures.
3. *Boulott'nt*: forme verbale familière pour « manger ».
4. *Bonz'*: Dans le langage familier, un homme influent, un individu imbu de son autorité, un homme pédant qui pontifie.

Soudain j'me sens tirer la manch' par mon épouse. —
Espèc' d'andouill', qu'ell'm'dit, v'là l'moment d'te montrer. —
Flanque-lui par la gueule un bon gros paquet d'bouse,
V'là l'Palotin qu'a just' le dos tourné. —
En entendant ce raisonn'ment superbe,
J'attrap' sus l'coup mon courage à deux mains. —
J'flanque au Rentier une gigantesque merdre
Qui s'aplatit sur l'nez du Palotin.
Voyez, voyez la machin' tourner,
Voyez, voyez la cervell' sauter,
Voyez, voyez les Rentiers trembler ;

Chœur. — Hourra, cornes-au-cul, vive le Père Ubu !

Aussitôt j'suis lancé par-dessus la barrière,
Par la foule en fureur je me vois bousculé
Et j'suis précipité la tête la première
Dans l'grand trou noir d'ous[1] qu'on n'revient jamais. —
Voilà c'que c'est qu'd'aller s'prom'ner l'dimanche
Ru' d'l'Échaudé pour voir décerveler,
Marcher l'Pinc'-Porc ou bien l'Démanch'-Commanche[2],
On part vivant et l'on revient tudé.
Voyez, voyez la machin' tourner,
Voyez, voyez la cervell' sauter,
Voyez, voyez les Rentiers trembler ;
Chœur. — Hourra, cornes-au-cul, vive le Père Ubu !

1. *D'ous*: graphie ubuesque de « d'où ».
2. *L'Pinc'-Porc ou bien l'Démanch'-Commanche*: précédemment utilisées (acte III, scène 2), ces expressions ubuesques désignent des instruments de torture.

Bibliographie

Les œuvres d'Alfred Jarry

- *Visions actuelles et futures* (1894)
- *Haldernablou* (1894)
- *Acte unique* (1894)
- *Minutes de sable mémorial* (1894)
- *César Antéchrist* (1895)
- *L'autre Alceste* (1896)
- *Ubu roi* (1896)
- *Paralipomènes d'Ubu* (1896)
- *Le vieux de la montagne* (1896)
- *Les jours et les nuits* (1897)
- *L'amour en visites* (1898)
- *L'amour absolu* (1899)
- *Ubu enchaîné* (1900)
- *Messaline* (1901)
- *Le surmâle* (1902)
- *L'objet aimé* (1903)
- *Ubu sur la Butte* (1906)
- *Par la taille* (1906)
- *Le moutardier du pape* (1907)
- *Albert Samain (souvenirs)* (1907)

Publications posthumes

- *Gestes et opinions du docteur Faustroll, pataphysicien (1911)*
- *Spéculations* (1911)
- *Pantagruel* (1911)
- *La dragonne* (1943)
- *Ubu cocu* (1944)
- *La chandelle verte* (1969)
- *Pieter de Delft* (1974)
- *Jef* (1974)
- *Le manoir enchanté* (1974)
- *L'amour maladroit* (1974)
- *Le bon roi Dagobert* (1974)
- *Léda* (1981)

Traductions

- *La ballade du vieux marin* (1893, d'après *The Ancient Mariner* de Coleridge)
- *Les silènes* (1900, théâtre, traduction partielle d'une œuvre de l'allemand Christian Dietrich Grabbe)
- *Olalla* (1901, nouvelle de Stevenson)
- *La papesse Jeanne* (1907, traduit du grec d'après le roman d'Emmanuel Rhoïdès)

À propos d'*Ubu roi*

ACCURSI, Daniel. *La philosophie d'Ubu,* Paris, P.U.F., « Perspectives critiques », 1999.

ARNAUD, Noël. « Ubu roi – textes établis, présentés et annotés par Noël Arnaud et Henri Bordillon », *Ubu roi,* Paris, Gallimard, « Folio », 1978 (1931).

BÉHAR, Henri. « Les clés de l'œuvre », *Ubu roi,* Paris, Pockett, « Pockett Classiques », 2000.

À propos d'Alfred Jarry

ARRIVÉ, Michel. *Lire Jarry,* Bruxelles, Éditions complexe, 1976.

BÉHAR, Henri. *Jarry – le monstre et la marionnette,* Paris, Librairie Larousse, 1973.

CARADEC, François. *À la recherche de Alfred Jarry,* Paris, Seghers, 1974.

JARRY, Alfred. *Œuvres complètes,* textes établis, présentés et annotés par Michel Arrivé et Henri Bordillon, Paris, Gallimard, « Bibliothèque de la Pléiade », 1972.

Le Magazine littéraire. « La pataphysique – histoire d'une société très secrète », nº 388, Paris, juin 2000.